邂逅爱尔兰

我在这里等你

雨过天青 著

中国铁道出版社
CHINA RAILWAY PUBLISHING HOUSE

图书在版编目（CIP）数据

邂逅爱尔兰 / 雨过天青著. -- 北京：中国铁道出
版社，2017.5
ISBN 978-7-113-21244-5

Ⅰ.①邂… Ⅱ.①雨… Ⅲ.①游记－作品集－中国－
当代 Ⅳ.①I267.4

中国版本图书馆CIP数据核字(2015)第312285号

书　　名：**邂逅爱尔兰**
作　　者：雨过天青　著

策　　划：聂浩智
责任编辑：王　宏
责任印制：赵星辰

出版发行：中国铁道出版社（100054，北京市西城区右安门西街 8 号）
印　　刷：中煤（北京）印务有限公司
版　　次：2017 年 5 月第 1 版　　　　2017 年 5 月第 1 次印刷
开　　本：660 mm×980 mm　1/16　印张：15　字数：300 千
书　　号：ISBN 978-7-113-21244-5
定　　价：48.00 元

Welcome from Lord Mayor Brendan Carr

I would like to give a special welcome to our visitors from China who come to Ireland to experience our legendary hospitality.

This book "Beautiful Irish Encounter" by Tianqing is a stunning visual tour of our lovely island and showcases all the different parts of Ireland. From our historic capital city of Dublin to the coastline of the Wild Atlantic Way, there is always something for everyone in Ireland.

I hope this book will tempt you to visit our beautiful country to experience for yourself the Irish welcome and landscape.

Brendan Carr
Lord Mayor of Dublin

都柏林市长布兰登·卡尔致辞

我谨在此诚挚问候从中国远道而来造访爱尔兰的客人们，体验我们久负盛名的热情接待。

这本雨过天青所著的《邂逅爱尔兰》将为您展现我们这个翡翠岛国各个不同地方的奇异风景。从我们的历史名胜首都都柏林，到野性大西洋之路的海岸线，相信每一个人都会发现爱尔兰令人着迷之处。

我希望，这本书能让你从此被我们这个美丽的国家所吸引，来到爱尔兰亲身体验这里丰富的人文和景观。

布兰登·卡尔
都柏林市长

提到爱尔兰，这个欧洲西部的大西洋岛国，大多数中国人会想到著名的《大河之舞》、U2 乐队、天籁之音恩雅……没错，他们都是来自美丽的翡翠岛国爱尔兰。由于偏僻的地理位置，使多数中国游客对其缺乏深入地了解，国内也很少有深入介绍爱尔兰的书籍。2013 年春的一次采访中，我和在爱尔兰生活多年的作者于比尔城堡初次相识，他对摄影的专注和敬业给我留下极好的印象！后来听说作者受到出版社约稿，撰写了这本全面介绍爱尔兰的游记图书。

自 2013 年，作者相继多次对爱尔兰进行了深度的全境旅行，提炼出爱尔兰最具代表性的旅游胜地和鲜为人知的绝美景区。经过近两年的努力，一本囊括 30 万字的游记图书《邂逅爱尔兰》最终完成。本书不仅仅是一本游记，介绍了爱尔兰的主要景区，更突出了一个专业摄影师对自然风光的观察和感悟。

《邂逅爱尔兰》一书的出版，相对弥补了在中国市场上爱尔兰旅游书籍的极度稀缺，此书不仅通过文字深度地介绍了爱尔兰的文化、风俗，同时也通过摄影作品向读者、游客全面展示了爱尔兰的风光，著名世界文化遗址，尤其是鲜为人知却又美丽动人的世界最长的大西洋海岸线风光。读者可以通过本书对爱尔兰有一个更真实，生动，全面的了解。

此书是一本全面深入介绍爱尔兰的游记书籍，并受到了爱尔兰官方，爱尔兰驻中国大使馆、旅游局同志和爱尔兰知名人士的重视和支持，也被出版社指定为 2017 年重点出版书出版。相信它在促进爱尔兰旅游市场，加强两国文化交流和了解等方面会起到积极作用。同时，也希望读者，通过阅读这本《邂逅爱尔兰》图书，进一步深度了解爱尔兰。

欧斯曼子爵和夫人

2017 年 2 月

深秋，孤独的大西洋 / 111

爱岛的美好时光 / 197

P₀₂₂

康尼马拉

在这片靠近大西洋最具野性和自然美的区域，每经过一处风景，都会美得叫人窒息。很多次特地穿越几百公里去拜访，都只是为了拍下几张照片。

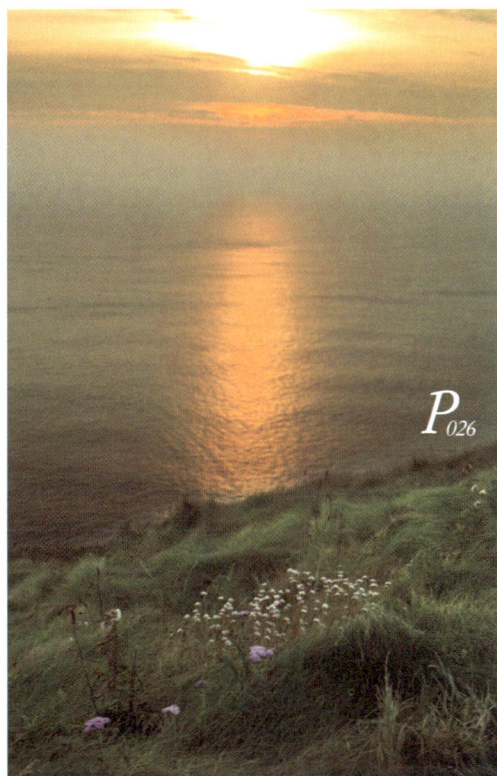

P₀₂₆

莫赫断崖

亿万年来，大西洋的海风年复一年地吹打着这座伟岸的悬崖峭壁，脚下杂乱的碎石和泥土，被横生出来的野花小草一次次覆盖。在沧桑的断崖面前，人又算得了什么呢？

基拉尼小镇与
国家公园

这个不大的小镇附近，隐藏了太多的美丽，浪漫的湖边城堡，19世纪的农场，荒废的修道院，依山傍水的它有着太多灵气。每次来访，都不舍得离去，这里，究竟是什么牵绊着我的心？

P056

P080

丁格尔

丁格尔一度被公认为"世界上最美的地方，没有之一"。如果可能，我愿在这里靠海搭一座小房，种几亩田地，每天可以依山傍海，看大西洋日出日落，听碧海潮生。

P_{127}

斯莱戈

深秋到了叶芝的故乡，又想起他的绝唱诗篇《当你老了》。是怎样的爱情，使你为她的坚持燃尽了整个生命？纵然最终也没有得到爱情，却使诗篇得到了永恒。然而这种朝圣者的执着和真情，在一百年后的今天，在世间到底还有多少？

P_{152}

基利尼

在基利尼仰望星空，耳旁回荡起恩雅的歌声。或许正是目睹了这样的海边星空，她才能够创造出那样美妙的天籁之音，就像她在歌中所唱一样——"在这个世界里，只有时间像流水一样悄悄流逝，夜幕降临时，月亮将天空染成了加勒比海的颜色，用星星在天空作画"。

P_{198}

阿伦群岛

这个可爱的原生态小岛，绝对是个世外桃源。断崖，石墙，农舍，质朴的岛民和悠闲的牛羊，还有岛民血液里流淌的音乐，这里的一切到底是真实的存在，还是梦？

P_{206}

湖克角灯塔

独立在爱尔兰东南部的天涯海角，看海的日子寂寞而孤单。湖克角灯塔在八百年来一直守候在这个岬角，为海岸每一艘夜航的船只趋福避祸。八百年岁月的记忆里，多少的船只来来往往，多少的人来来去去，只有你的光芒长明。

比尔城堡

"很久很久以前,一座浪漫的城堡里,住着一位美丽的公主。" 熟悉的童话故事,装点着儿时的回忆。爱尔兰中部比尔城堡里住着的贵族不是公主,那里却有着浪漫的爱情故事。早就耳闻比尔城堡里的伯爵一家是爱尔兰如今唯一仍旧住在城堡的贵族,而那里又孕育了很多的传奇。

大布拉斯基特岛

天涯海角的遗世与孤寂,凝视爱尔兰最西部孤岛的大西洋落日,时间仿佛永远地凝固在那一刻。

➔ 盛夏背包漫游爱尔兰

　　爱尔兰从地球上空看，像一块狭长的翡翠嵌在世界的西部。我生活在爱尔兰东部的首都都柏林，而西部世界上最长的大西洋海岸线却常常令作为专业摄影师的我心驰神往。

　　六月的爱尔兰，晚上 10 点多还能看到晚霞，世界各地的游客簇拥在这个岛国。等了很久，终于迎来了一次长假。于是准备了个很大的包，带上最简单的衣物，还有必不可少的相机和镜头，把我专门用来旅游的旧车加满油，开车横跨爱尔兰，去西部两三百公里以外的大西洋沿岸拍摄一些独特的乡村风光。

➤ 高威市中心
西部的"威尼斯"

高威市（Galway）位于爱尔兰的西部，驶出都柏林这个古老又略有些浮躁的都市，现代文明的标志渐渐减少，半小时后，眼前呈现出一片乡间景象。经过几个宁静的小镇，不久后进入爱尔兰中部平原。一路上牛羊星星点点地点缀着大片田野，似乎停在那一动不动。乡间无限地延伸到天际处，远处时而闪过一两个农舍。随时向窗外一瞥，都是无边无际油画般的绿。

目的地高威是大西洋旁的沿海小城，此时大西洋夏季温暖的海风，正从西海岸缓缓吹来，唤醒这个被诗人叶芝誉为"西部的威尼斯"的小城。提起威尼斯，我就想到多年前在威尼斯水上度过的日子，依稀忆起古旧的色彩和轮廓，还有水的气息。可是意大利的美，法国的美，却永远无法取代爱尔兰乡间特有的惬意。越远离都市，越觉得自由，渐渐忘记了时间，微妙的思绪随着车在高速上电光石火般飞驰。

接近高威市时，眼前呈现出越来越多色彩鲜艳的小镇。这里的生活节奏显然比都柏林慢了下来，小镇里的人各自慢悠悠地做着自己的事儿，老太太拿着剪刀修剪自家前院的杂草，四轮车马夫在给马喂饲料，酒保把刚进的一个个酒桶搬到地下室，街角的小店也千姿百态，有花店、便利店、杂货铺、五金店、蛋糕铺、面包房、酒铺、新娘礼服店，当然还夹杂着一家家精致的小餐馆，只不过这些餐厅都没有开门，门口的牌子上醒目地写着"Close"。

到达高威小城时已是下午。一下车，一股热浪袭来，对常年海洋性气候的爱尔兰来说，这种炎热倒算是奢侈品。几辆四轮马车在熙熙攘攘的路上穿梭，旁边有一排花花绿绿的旅游巴士，车上层形形色色的游客兴奋地探出头来，打

量着小城的街头巷尾。

鹅卵石街道附近，满是色彩绚丽的小房、酒吧、餐馆，成群的鸽子在广场的空地上起落飞舞，花店外怒放的旱金莲和勋章菊在骄阳下把自己的魅影洒在地上，美妙地交织起来，一间小屋爬满了常青藤，精致的玻璃窗斑驳的反光使附近的枝条更加摇曳变幻。街边服装店精美的橱窗，也装饰得一家比一家漂亮，虽然一片生机盎然，宁静祥和的气氛却充满着城市的每个角落里。

在小城的步行街里，一个穿着花色裙子的女人在街头端坐，悠然自得地弹唱，行人时而停下，投给她一两枚硬币，她则报以微笑。放眼往远处看去，整条街上除了艺人就是游客，没有什么利益和纷争，于是就只剩下轻松的气氛，何况

空气中还飘着醉人的音乐。正在往前走，突然一个毛茸茸的爪子从旁边拍了一下我的肩膀，居然是一只大"狗熊"，看到我被吓到，向我龇牙咧嘴地笑了下，还好，是一个善意的玩笑。

这座小城丝毫没有大城市的压力和喧嚣，有那么多的行人擦肩而过，但都忙着自己的事儿，尽情享受着这份清闲，没有人会在意你。于是一个人漫步在高威的街头巷尾，觉得像隐形人似的藏了起来。

市中心碧蓝清澈的河水从南到北沿着城市匆匆流淌，天鹅成群地嬉戏，追逐。长长的河岸草坪上，游人们有的席地而坐享受着温暖的日光，有的躺在草地上，仰望天空梦幻的白云。云朵被微风缓缓吹散，在蓝天上瀑布般流淌，又宛如少女的缕缕长发，在小河上空飘成一幅绝美的画卷。

我沿着河岸往南走，不经意碰到一个古老的拱门。这个建于 1584 年的西班牙拱门原本是高威中世纪城墙的一部分，最初用作贸易船只进入的通道，船只通过拱门时卸下来自国外的美酒、烟草等货物，但在后来的地震和海啸中，拱门受到了严重的毁坏，城墙也随着岁月渐渐消失，最终成了今天的面貌。

我在市中心找了一家包含早餐的旅馆放下行李，又沿着小河散步，穿过一排排彩色的小屋，走了大约三公里，到了一个叫 Salthill 的海滩。长长的海滩旁，大片紫红的野花，连着碧蓝无边际的海，在下午的阳光下绽放。柔和的浪花抚慰着

岸边的沙滩，25℃的下午，一切那么令人舒适。到了这里，我对一切人文的景致完全失去了兴趣，心中无限赞叹着自然风光的美妙。

正沉醉于眼前海滨梦幻般的美，又一道风景打断了我的梦思。一个金发碧眼的苏格兰女人，赤着脚，一头散发梦一般飘逸，她从我身边的礁石旁经过，停在那里一直专注地拍风景。这也许是和我一样独自度假的游客吧。

我们由夏季大海的柔美聊到了节奏的美妙，又谈到我对风笛的喜爱。她告诉我，苏格兰的风笛声音比较质朴，声音高昂而兴奋，爱尔兰风笛相对精致，音色有时带着一丝哀婉忧伤。我于是细细品味两者细微的不同之处，在沙滩上静静地冥想，才弄明白了为什么苏格兰风笛常被军乐使用，而爱尔兰风笛

则多用于民间。

不知不觉已近黄昏，我们沿海滩向市中心的方向漫步。没有过问对方的名字，我们只知道彼此都是浪迹天涯的游客，在这个世界上的某次旅途中，在特定的时间和地点相遇，又很快匆匆而别，也许再也不见。

不知道什么时候，岸边来了一大群人，有的在沙滩上奔跑嬉戏，有的平躺着沐浴夕阳的暮光，所有人的身体都被染成了迷人的金黄色。"你去过这附近的莫赫断崖吗？"女人临别的时候突然问，"那里可是最浪漫的地方啊。"

回到市中心时，天边夕阳的残红依旧不舍离去。河边草坪的游客已经聚坐在一起，畅饮着啤酒，在小城的旅游经历和见闻，成了他们滔滔不绝的谈资。艺人们也不知道什么时候凑过来，在旁边叮叮当当地弹唱，各种乐器声混合起来，余音袅袅，形成了河边绝美的交响曲。我突然醒悟，这座小城根本不用担心没有音乐和艺术，因为它们早已深深地镶在当地人的每一个细胞里，渗透于每日的生活中了。

天空由微红变成了深蓝，一排店铺微弱的灯光点缀着整条步行街。巷子两边的小餐馆异常热闹，每家餐馆外都整齐地摆着桌椅，每张桌前聚集着三两人

慢悠悠地享用晚餐。有几家店生意异常红火，桌上摆满了各种新鲜的海鲜，配着色彩鲜艳的沙拉。侍者端着托盘忙碌地进进出出，客人来来往往，走时毫不吝啬地把小费塞给侍者。

我踱进一家热闹的酒吧，点了一品脱百微啤酒和生蚝。酒吧里正举办现场演唱会，人群像拥挤的沙丁鱼，每人都大口畅饮。"原来人都在这里啊！"我感叹。"爱尔兰人可以不吃饭，但哪能没有酒。"回答得中肯而简洁，答话的却是旁边一个喝得微醉的红鼻子，说完把半品脱啤酒一饮而尽。

回旅馆的路上，微弱的月光洒在小河里，在夏夜的微风下，河中泛起层层银色的涟漪。河水轻拍着笔直的提岸，岸边木船的铁链随着吱吱作响。几个醉酒的人，晃晃悠悠地沿着河边走来，扯开嗓子哼唱着爱尔兰小曲。

夜晚回到旅馆，踩着陈旧的楼梯进入房间，推开木窗，柔和的月光透过窗纱照在床头柜上，那里放着一瓶旅馆主人按照我的要求送来的智利葡萄酒。我倒了半杯，虽有些疲惫，却难以入睡。思绪中浮现出高威市中心画卷般的小河，美妙的音乐和难忘的海滩。又想到海边的苏格兰女人，决定过几天就去她提到的莫赫断崖。

▶ 康尼马拉和克利夫登
大自然野性之美

—— 张陌生的大床。我揉了揉眼，意识到自己是在旅途中。拿起表一看，居然快到中午了，不禁担心耽误了行程。早饭的时候，女店主送上典型的爱尔兰早餐，她的丈夫是个质朴的渔夫，知道我是摄影师，就坐在旁边和我闲聊。

"如果你开车，有一个偏僻的地方叫康尼马拉，不过那里的风景美极了，尤其是光线，在这个季节下午的某个时段，简直太迷人了！"尽管他夸张的叙述叫我将信将疑，但又出于好奇，于是在饭后就抱着试试看的心情开始了这次神秘之旅。

下午1点多我离开高威小城，很快远离人烟，车沿着漫长无边际的海岸线行驶。右边是大片的荒原，左边是浩瀚无边的大西洋。由于夏季天长，经常晚上11点左右才会彻底黑下来。车飞驰中，两边景致不断变换，时间却仿佛静止了。

车行驶进康尼马拉区域时，爱尔兰大西洋边的这片荒原，到处都是陡峭的山峰、泥潭沼，几乎不见人烟。在这世界西部偏远的一隅，时间的流动变得更缓慢起来，这种永恒的静止的感觉常常让人忘记一切包括自我的存在。奇妙的光线在山间辗转，在宁静的

湖畔中生出山上植被婀娜的倒影。经过一处时，我的神经被猛地刺激了一下，一处隐匿的风景！

停下车，我爬到高处。大西洋附近的天气，也许前一秒晴空万里，后一秒就瓢泼大雨。好在天气此时没有变化，我有足够的时间拍下了眼前完美的景象。拍完照我并没有急着离去，而是一个人欣赏着这几乎不变的景致。那位渔夫说的一点儿没错，这里确实太完美了，这种神奇的景致牵住了我的心。

太阳缓缓下降，过了一两个小时光景，我才决定继续前进一段路，去爱尔兰西部的小渔村克利夫登过夜。

沿大西洋行驶了很久，才离开海岸线。在大片荒原旷野中穿行，我的心一阵比一阵凄凉。高速行驶在爱尔兰西部这块幽隐偏僻而杳无人烟的地方，夏季的时间被延续得无限漫长。车开得越快，路仿佛越不知道哪里是尽头。孤寂漂泊的感觉，使我心神不宁，然而无边际的孤独中，却又夹杂着一种微妙的解脱与享受。正在这种复杂又矛盾的感受中徘徊了许久，我终于抵达克利夫登小渔村。

　　下午六点钟左右，我把车停在了镇中心，很快找了家旅馆落脚。克利夫登是康尼马拉地区最大的一个镇。据说19世纪时，这里主要住着农夫和渔民，后来渐渐发展成今天繁荣的小镇。

　　镇上的游人，有的刚刚抵达，打听着旅馆和饭店，有的坐在酒吧外长凳上饮酒闲聊。我在一家优雅朴实的小餐厅前止步。当夕阳斜射在餐桌上时，一道传统爱尔兰羊肉羹摆在面前。慢火炖出

的鲜嫩羊肉、配着土豆、胡萝卜、西芹、洋葱，在与新鲜的欧芹、百里香的混合后，散发出浓郁的香气。营养丰富的黑面包在黄油和汤的润滑下，更是入口即化。即便平时很普通的食物，旅途中也会有所不同，更何况美味了。

天色刚晚，天路（Sky Road）山崖下一轮残阳正从海平面落下，余光照耀着大片沙滩，岸边的碎石黄金般泛耀着迷人的光。岸边一个男人，刚从海上尽兴而归，正和妻子愉快地收起快艇。这时响起了吉他声，几个村民，边谈边唱，其余的人有的静静地聆听，有的随着音乐起舞。质朴的歌声夹杂着海浪轻拍沙滩的声音，荡漾在这个华灯初上的小渔村的海边。

➤ 凯利莫修道院和莫赫断崖
名胜中动人的故事

第二天一大早,当人们还沉浸在梦里,我却被窗外的鸟叫吵醒。拉开窗帘,院里的空地上满是烤面包的碎屑,一群大海鸟在自顾自地吃,偶尔捡到一块肉,宝贝似的叼起来飞远,后面则一群鸟追赶。店主拿着空蓝子,满意地看了会儿,走回来为我准备早餐。

今天要去的凯利莫修道院和莫赫断崖,一个是悠久的古迹,一个是壮丽的自然风光,却都有着各自美丽的传说。说到修道院或修行者,总让人联想起14~15世纪时人们对神秘主义的追求和向往。

"您的早餐,我年轻的朋友!"和蔼的老太太把装着培根、煎鸡蛋、西红柿、蘑菇和香肠的盘子放在我面前,又开始到旁边浇花,她的丈夫坐在旁边桌上,边吃饭边和住了好几天的客人谈附近的好去处,我也加入了话题。

从聊天中才得知,原来关于凯利莫修道院的传说,有一段凄美感人的爱情故事。

修道院所在的康尼马拉区域在19世纪中叶之前已经吸引了越来越多的游客在钓鱼季节赶来垂钓。修道院的前身是英国商人亨利的庄园。亨利与他爱尔兰的妻子在第一次度蜜月的时候,就被这里的自然风光深深吸引,希望有一天在康尼马拉区域定居。亨利在父亲去世后,放弃了英国前途远大的从医生涯,用遗产在康尼马拉修建了城堡和花园,又种植了13000英亩的林地,把这一切作为礼物送给心爱的妻子。然而不幸的是,在城堡竣工不久,他的妻子就患病去世了。亨利在空前的悲伤和对妻子的怀念中回到英国,终生未娶。

从此城堡的大门紧紧锁闭,直到1920年,来自比利时的修女们由于"一战"

落荒到此，把城堡买了下来，从此城堡改名凯利莫修道院。几年后，她们在这里建立了国际学校，除了很多邻国的学生，还有一些来自印度、日本、美国的国际学生也纷纷慕名而来。迄今，修道院以优美而又与世隔绝的环境和浓郁的宗教气息，吸引了无数游客。

"真是感人。"当老人讲完，旁边的游客感慨，"就是有些凄凉。为什么我听到那么多和爱尔兰有关的爱情故事？""因为瓦伦丁的遗骨就埋葬在爱尔兰。"这句回答多少有些黑色幽默，可惜游客没听明白，或许是不知道这段历史。至于为了幸福和暴君斗争最后被处死的瓦伦丁，确实被埋在爱尔兰首都都柏林的卡米莱特教堂里，后来就是为了纪念这个人，把每年的 2 月 14 号定为情人节。

动人的湖泊，起伏的山峦，风中的泥塘，前往修道院的路上越走越被自然风光打动，如果连诗人王尔德都称其为"原始的美"，想必这种美有多么野性和桀骜不驯，也难怪它影响了一代代的音乐家、艺术家和诗人。微泛涟漪的碧蓝湖水，盛开的繁花，油绿的草地和树木后面，那个灰白古旧的哥特式建筑——凯利莫修道院，已在眼前。

修道院里古色古香的装饰和陈旧的布局，使我回到了那个久远神秘的中世纪。走进修道院，内部装饰并不完全像我想象中那样简陋质朴，反倒还有些奢华。

漂亮的花边大地毯上，餐桌上餐具的摆放方式与现在餐厅略有不同。两个大盖子盖住餐桌中间的盘子，到了吃饭时间，随着盖子揭开，修女们开始用餐。红酒杯旁放着样式怀旧的主餐刀和吃开胃菜的刀，餐盘上方摆着的是两个餐勺而不是一叉一勺。由于不能吃肉，也许修女们吃得最多的就是青菜和粥。修女们吃饭的时候是不能交谈的，只能用简单的手势做最简单的交流，上菜的时候也由年轻的修女接过来，传到别的桌上。

有一个屋子是男性客人在餐桌上谈论时，修女们用来回避的场所。房间里放着一架钢琴，玻璃展台里还有一本陈旧得发黄的歌谱。也许修女们围在钢琴旁唱圣歌时，是她们最温馨的时刻了。复古的桌椅，橱柜，墙壁上的油画，修女的照片和宽大的长袍，每件物品都充满几个世纪前的气息。陈旧的镜子，不是为了她们梳妆打扮，而是提醒她们检查仪表。

修女们白天需要工作和研读书籍，黄昏的时候才能停下活动，在钟声响起之后参加晚祈。简单的生活日复一日，她们放弃了爱情，终生不婚，在这种沙漠般的地方修炼，使心灵能够被上帝的爱所充满。独处使她们更能敏锐地聆听上帝的声音，而除了独处修道，学会共同生活对于她们也同样重要。于是修女们在这个与世隔绝的绝美之处，过着军队一样严格的生活，伴随着她们的，只有上帝和圣人。

在修道院里短短的个把小时，仿佛过了一天一样漫长。那一年呢，十年呢，半个世纪呢，那些一辈子都生活在这里的修女们，内心深处又会是怎样的孤独？我不是修女，也不是修士，或许这只是我一个凡夫俗子的想法吧。从修道院走出来，车子开往莫赫断崖。神秘的修道院，已然被抛在身后，我的思绪却仍然停留在那悠远而神秘的时光。

经过一片荒凉的原野，几束鲜艳的野花在随风飘动，仿佛在向远山招手。车沿着山野行驶，偶尔经过人烟稀少的小镇，然后很快又回到杳无人烟的乡间小路。

走走停停大概两三个小时，到了断崖附近一段陡峭的山路。在只容得下一个车身的蜿蜒山路向上爬，路越来越高，越来越陡峭，仿佛已到天边。感觉过了许久，终于到了断崖下的停车场。

步行在通往断崖的路上，视野一下子开阔起来，大片的草地延展到远处的大洋，连到天边。如果这世界上真的有天涯海角，相信就是这里吧。

一条石子路蜿蜒地通往去断崖的脚下，游人三三两两地结伴漫步。草坪的木椅上，几对情侣正亲密地依偎着。远处的田园草场乱石堆成的矮墙里，肥壮的奶牛正在逍遥地啃草。

石路旁，一位女艺人拨动着古老的竖琴，动人的琴声，清脆悦耳的琴声正像此时夏季的微风一样，使人心旷神怡，又像潺潺的流水般让人陶醉。往来的

游人都因为这断崖边的天籁之音，情不自禁在此停步，被那古老乐器里跳出的每一个音符打动着。

当地人告诉我，古老的爱尔兰语莫赫（Moher）的意思是"被毁坏的堡垒"，这个名字可以追溯到两千年前。由于这里是莫赫塔所在的位置，断崖由此得名。有史以来，关于莫赫断崖的各种神话代代相传，其中最有名的是美人鱼的故事。

古时候，一个当地渔人打渔时在断崖附近发现了一只美人鱼，和她交谈时，他发现她把有魔法的外套放在了岩石上。得知她没有外套就无法返回大海，渔人就把它藏了起来。最终她无耐答应嫁给渔夫，并为他生下一儿一女。但很

多年后的一天，美人鱼在丈夫打渔的时候发现了那件神奇的外套。当渔夫回到家里，发现妻子已经离开了，从此每一天，可怜的渔夫都带着孩子在岸边等待，但美人鱼再也没有回来。

沿着这条路一直向西走，就可以走到断崖。途中偶尔可以看到滑稽的角嘴海雀，稀有的红嘴山鸦在空中飞翔，也有一些不知名的海鸟。据说如果足够幸运的话，在断崖上还能看到小须鲸和座头鲸的踪迹。

三亿两千万前年的石炭纪时期，此处是一条大河的入海口。河水夹着泥沙再此沉积，最终形成了这样的岩石层。断崖附近的自然风光简直就是一幅史诗般雄伟的画卷。长满翠绿野草的断崖雄伟地屹立在碧蓝深邃的大洋之中，连着远处深蓝的天空，像一块巨大的翡翠镶嵌在天边。它独特的形体，恢弘而不乏细腻，仿佛是经过反复的酝酿后一气雕琢出一般。山崖的石头上长满鲜艳的猫儿菊，海石竹和不知名的野花，这里一簇黄色，那里一簇紫色，海风吹来时散发出淡淡的幽香。

由于特殊的地理环境，在这种晴朗的天气，站在这个高两百多米，长八公里的大西洋西部断崖上，远处的阿伦岛、高威海岸和康尼马拉山脉尽收眼底。

千百万前来，时间就在这里无声无息地流逝。大西洋的海风，年复一年地吹打着这座伟岸的悬崖峭壁。它就坐在这里，不曾丝毫动摇。脚下杂乱的碎石和泥土，被横生出来的鲜花野草一次次覆盖。这些生命力顽强的花草，在经历了自己的辉煌后，又一次次的枯萎，死亡，再生长，就像人类世代交替一样。在沧桑的断崖面前，人的一生，正如这些秋后即将枯萎的花草，只是昙花一现罢了。

天边浮云飘过，倾听着时间流淌的声音，我不禁生出悲悯之情，自认为自然界中最伟大的人类，面对沧海桑田，原来也只是沧海一粟。

仔细端详这座饱经风霜的断崖，它的心底是否写满了厚厚的记忆？它是否记得历史上亿万个拜访过这里的每一个人，守候着每一个动人的传说？

暮色金黄，夕阳把最动人的光辉洒向大西洋，美妙的涟漪中闪出绝美的光和影，波光粼粼的海面像是层层叠叠的彩缎，映在高大威猛的山崖间，使眼前的一切美得另人窒息。如此的美景下，有几对儿甜蜜的情侣，静静地依偎在一起，望着远处的残壁，想必说着海誓山盟。只有旁边的一个小男孩，却不理会眼前这一切景致，扶着木头栅栏，望着草场里吃草的奶牛喃喃自语。

➤ 香浓河畔
起源公主的浪漫传说

第一日 温暖的爱尔兰咖啡

第二天开车去南部的香浓（Shannon）镇。"香浓"这样一个诗情画意的名字，爱尔兰最长河流，全长 400 多公里的香浓河也以其命名。爱尔兰人总是说，如果不去目睹香浓区域的景致，就不算是领略过纯粹的爱尔兰风光。我摊开地图才发现，原来那么多爱尔兰景区，都是以香浓为跳板向周边散开。

离开了西部的大西洋沿岸，向爱尔兰中部前行，地势渐渐变为平原、湖泊和河流。香浓的镇中心很小，几乎用不了多久就能转一圈，却应有尽有，连锁商店，小超市，理发店，快餐店，酒吧，一切都集中起来，方便得很。镇上一些崭新的公寓和别墅还写着出售或出租，人们的脸上也露出悠闲的神态，这真是一个养老的好去处。

我很快离开小镇，沿着无人的公路，驶向几分钟车程外的香浓机场。左面是宁静无人的香浓河，右边是空旷的机场跑道，我开车行驶在中央，一面是忧郁，一面是乡愁，几架飞机刚刚在机场停落，我的心却飘了起来。

香浓机场，是欧洲西北通往北美航线的航空中途站。这个不大的机场，不但孕育了世界上第一家机场免税店，也是爱尔兰咖啡最早出名的地方。而我去香浓机场，只是为了喝一杯纯正香浓的爱尔兰咖啡。

爱尔兰咖啡，是用爱尔兰威士忌和咖啡混在一起，加上糖，浇上奶油。有人说，奶油代表爱情的纯洁，咖啡代表爱情的苦涩，糖代表爱情的甜蜜。穿过冰冷滑润的奶油，热烈的咖啡不会烫嘴，慢慢入口，在品味了苦涩与甜蜜之后，一股浓浓的醉意便在心中绽开。

　　至于爱尔兰咖啡的这个说法由何而来，不得不提到一个小说中描述的故事。爱尔兰机场的一个酒保在邂逅了一位优雅动人的空姐后，被她的气质深深吸引。酒保十分渴望通过调酒和她接触，可惜她只喜欢喝咖啡，对酒精却没有丝毫兴趣。真诚的爱使酒保产生了灵感，经过无数次尝试，他把爱尔兰威士忌和咖啡巧妙地融为一体，调制出一种口味浓烈的咖啡。一年后，在他第一次为她煮咖啡时，因为激动忍不住而热泪盈眶，怕她发现，他用手悄悄擦去眼泪，用泪水在咖啡口悄悄地擦拭了一下。所以她品尝到的第一口咖啡，带有一种长期思念的压抑和激动所形成的味道。此后，空姐就喜欢上了爱尔兰咖啡，而时常去他那里点咖啡。直到有一天，她突然决定不再做空姐，永远离开这里了，于是到机场最后一次点咖啡，他还辛酸地问了一句，你要不要一些泪水？她回到美国后，开始怀念爱尔兰咖啡，找遍了所有咖啡店也没有发现这种咖啡，终于明白了，这种咖啡原来是为了她一个人而发明的。之后，她在美国开起了咖啡店，也卖起了爱尔兰咖啡，只不过没有用泪水，爱尔兰咖啡很快在美国旧金山火了起来。而爱尔兰机场的酒保，在女孩走了以后，也卖起了爱尔兰咖啡。

　　但小说毕竟是小说，亲自问过很多爱尔兰人后，他们都露出异样的表情告诉我，从来没听说这个故事，但从他们的口中，我却听到了关于爱尔兰咖啡起源的另一个版本。

　　美国的游客来爱尔兰旅游，主要的目的地是风景如画的大西洋沿海景区，再加上美国和爱尔兰西部隔海相望，于是百分之九十以上的游客从香浓机场降落。下飞机后，他们在机场大厅稍做休息时，会点上一杯咖啡。寒冬的时候，为了驱

寒，机场酒保就在咖啡里尝试着加入了威士忌，结果大受欢迎。咖啡的苦涩与香甜中，又带有一丝温暖的醉意，于是游客就在醉意中开始了爱尔兰之旅。随后美国人也在本国开起了爱尔兰咖啡店，从此爱尔兰咖啡迅速名扬世界。

因此，关于爱尔兰咖啡的故事，一个是美丽的爱情传说广泛流传在中国，一个是平淡无奇的事实被爱尔兰人熟知。我想，之所以会这样，归根结底大抵是由于中西文化特点的差异造成，中国人追求圆满而忽略了真实，西方人追求真实而忽略了圆满。于是，当我和爱尔兰谈起这个小说中的爱情故事时，他们也微笑着佩服起小说作者的想象力来。

正在一边喝着咖啡一边思索，思绪被几个学生的聊天打断了。几个机场旁香浓酒店管理学院的学生着装整齐，正三三两两地聚坐在一起聊天。在这个旅游业发达的国家，酒店管理者的培养也极受重视。香浓学院的教学楼不大，但学院却跻身欧洲最好的酒店管理学院之一，每年向世界各地的国际酒店分配管理培训生。

学院对实践教学非常重视，大一的学生除了理论课，每天还要上实践课，并每次课堂进行严格打分。香浓学院的课程在酒店管理的基础上，还增添了很多最前沿的商业和管理方面的课程。由于酒店就是一个包括人的衣食住行的微观世界，里面的人形形色色，所以香浓学院不仅注重商业与管理的理论教学，更注重社交能力的培养。有的学生抱怨说，学校的要求是极其严格的，在校的每一天，学生都要按照职业经理的标准着装，衣服不能有任何褶皱，皮鞋要像镜子一样闪亮。这种军校般严格的要求，似乎与爱尔兰人随和的个性格格不入，却是对气质的一种培养和完美主义的体现，以至于学生在香浓机场吃饭时，经常被当成机场工作人员。

新生告诉我们，大一的学生如今都住在酒店里，放学后可以去酒店享用很多免费娱乐项目，包括蒸桑拿和游泳，晚上可以在酒吧和同学喝酒、聊天、跳舞。我又想起一位爱尔兰学者的座右铭，"努力工作，尽情享受"。用在他们身上，也许再合适不过了。在学校的日子里只有机场与香浓河畔相伴，有的学生难以忍受寂寞，有的学生却把在这里当成世外桃源。下午放学后，坐在学校明亮的图书馆里看书，窗外就是宁静而略显神秘的香浓河。午后巨大的光柱透过低低的云层，直射在香浓河的涟漪上，使这个原本就像梦一般的地方，更加充满了神秘的色彩。

早就知道香浓河畔附近的本拉提城堡里可以参加中世纪晚宴，一直想着有机会去体验，于是在机场吃过午饭后，驱车 15 分钟来到城堡。

本拉提城堡建于 13 世纪，是爱尔兰保持最完整的一座中世纪城堡。古老的墙壁上长满了绿色植物，隐藏在树木中，城堡显得神秘而庄严，而外观的方方正正，并没有太多的与众不同。城堡门外的几门大炮，见证着沧桑动荡的历史。进入城堡的刹那，仿佛一脚踏进了中世纪，历史的一幕幕瞬间被揭开，拱形的天顶，古旧的大门，穿着宫廷服装的仆人。城堡内宽敞而庄严，在昏暗的墙壁上画着城堡演变的历史。

恢弘的城堡里，上楼的路却很狭窄，需要侧着身体，小心地扶着扶手向上走。在城堡里走走停停，精美的中世纪家具和墙壁上的装饰叫人应接不暇，真是爱尔兰历史与建筑艺术的浓缩。我在准备预定今晚的晚宴时，工作人员却一脸歉意地告诉我当天的名额已经爆满。我只好预定了后天的中世纪晚宴，而今晚到城堡里参加爱尔兰传统晚宴。两者有什么不同呢，不管怎样，这也成了我在香浓多停留两日的借口。

离开城堡，我在旁边的一个民俗公园漫步。公园里有 30 多间古老的屋子，里面的一切都保持着一个世纪前爱尔兰乡村建筑风格。古老的农舍、店铺等，一切都和当时的样子一般不二。

走进乡村街，顿时觉得踏入了 19 世纪的爱尔兰乡村。这些小房屋和商店，经过精心挑选，代表了典型的爱尔兰两百年前的城镇建筑风格，在里面可以看到学校、诊所、酒吧、五金店、邮局和摄影工作室等。在古老的学校里，木质的桌椅显得如此简陋，光线也比较昏暗。除了少数几个比较明亮的房间，多数都是昏暗的。在酒吧里，几个外国游客不解地问，"这样格局的酒吧，酒保应该站在哪里呢？"

一间小屋里，女人用托盘端出外形独特的烤面包，几个孩子跑过去分着吃了。这是一道对旧时烤面包工艺的展示，可惜我来迟了，没有看到制作过程。有趣的是，一个旧房屋旁，还有两只猪在围栏里走来走去，一片几个世纪前的欧洲乡村景象。

淡淡的阳光渐渐西斜，洒在旁边的小教堂上，使上面的十字架发出金色的光辉。城堡上也亮起了昏黄的光。我到街区的店铺逛了会儿，除了几家精美的手工品商店，最让我难忘的是一家叫做 Durty Nelly 的酒吧，这家有400 年历史的酒吧乡村气息十足，装饰古朴，墙上还别具一格地挂着一辆自行车。本打算进去听听现场演奏，但看看时间差不多了，就踱步回城堡参加爱尔兰传统晚宴。

晚餐时我被安排到了一个大餐桌上。刀叉、果汁、百利酒、葡萄酒和水，简单的餐具，粗线条的食品。所有演员都穿着中世纪的服装，一会儿是讲笑话，一会儿是竖琴和小提琴的表演，一会儿唱起爱尔兰民歌，一会儿又跳起舞蹈。开胃菜结束，演员们摇身一变，成了侍者，一边撤走桌子上的碗碟，一边问候客人，等他们一路小跑地端上正餐后，又上台继续表演。我一边吃着鲜嫩的羊肉羹，一边品着百利酒，很快融入在这欢快的气氛中。

最动人心弦的莫过于气势磅礴的大河之舞，舞者热情奔放的舞姿江河般奔波流淌，让人全身的热血也随之沸腾。一曲终了，掌声雷动。我突然又想起了城堡外流淌的香浓河，于是决定第二天去欣赏下香浓河畔的景致。

第二日　露宿香浓河畔

早上推开窗，天气晴爽。听着小鸟的鸣叫，我准备乘渡轮去香浓河畔风光最好的地方，花上一整天时间沿着河边漫步，黄昏时目睹下河畔的自然风光。

上午十点多钟到塔伯特（Tarbert）小镇时，街上很多店铺都没有开门，除了加油站和杂货店里的一两个员工，看不到几个人。把车停在空地，坐渡轮到码头。河边一大片翠绿的草坪上冒出几朵野花，旁边几个木桌木椅空放在那里。七八个游人，有的在码头边踱步，有的坐在车里，等待着下一班渡轮，它将在河里行驶二十分钟，把我们带到另一个河边小镇。

过了会儿，一只巨大的渡轮从河里开了过来，慢慢靠岸停船。船员开始引导车辆登船，八九辆车陆续开上渡轮，一切稳妥后，船远离岸边。

船行驶中，大家都坐在自己的车里，只有我和几个人站在大船上层的甲板上，欣赏着河畔风光。突然感觉后面有一只手拍了我一下，是一个小男孩儿，手里拿着我的镜头盖儿。我突然想到，一定是刚才拍照时把它落遗在岸边草坪上。我谢过了他，又拍了几张照片送他。男孩的爸爸向我要信箱，我念道："www.rainbluephoto@gmail.com"　"rain，怎么写？"　"r-a-i-n"　"blue

呢?""b-l-u-e,爸爸"他孩子在旁边忍不住告诉他。这个爱尔兰人居然连最简单的英文单词都不会,还显得理所当然。

"我说的是英文,但没学过英文书写,我学的是爱尔兰语。"他好像看出了我在想什么。"那你能看懂爱尔兰书了?""我是渔民,平时哪里看书啊,能用来说话就行了。唉,现在会写爱尔兰语的人越来越少了。" 这个倔强的爱尔兰渔民,连最简单的英文拼写都不会,骨子里却实实在在地坚持着一种文化。这样一种边缘的语言,如果没有一群人一起坚持,也许很快就会从这个世界上消失吧。

下了船，我开始在美丽的香浓河畔漫步。下午的阳光洒在河畔大片的绿地上，投入沉静的河水里，河水犹如融化了的玻璃，上面飘着大片金黄的芦苇，远处还有几只小船在微风中荡漾，风帆微微抖动着。倒影映在水中，仿佛水里有另外一个世界。芦苇旁有几只鸳鸯和鸭子在嬉戏，河水汇集到入海口，水流渐渐变得越来越湍急，汇入宽广的大海。

我不禁想起关于香浓河起源的传说。古代香浓有一名美丽的公主，为求真理跳入神鱼居住的水潭，而神鱼鼓动潭水顿时波涛大作，化作爱尔兰的母亲河——400多公里长的香浓河。而香浓河畔的美，和她的来源一样充满了诗情画意。

这里没有了大都市的喧嚣，只有平原与高地，湖泊与花草，蓝天白云，牛羊陪伴。大片起伏的田野在19世纪被一些矮石墙划分开来，每块地属于不同的主人。至今石墙已经十分古旧，田地里长满郁郁葱葱的植被，附近的果园处处飘着苹果香，里面种植着苹果树、梨树、草莓和各种鲜艳的蔬菜水果。有些院子里错综交织的枝叶和藤条在地面投出了对比强烈的浓影，旁边的玫瑰、万寿菊等鲜花也在各自的角落里竞相开放，各自吐露着芬芳。不管怎么看，这里都是活生生的19世纪欧洲乡村景象，难怪爱尔兰总在不经意间成为电影的取景地。

附近植被茂盛，郁郁葱葱的树木环绕着星星点点的小农舍，农舍周围有一圈漂亮的矮墙，墙边儿长满鲜花，还放着几个简陋的农具。有两个白发老人坐在门口，无所事事，却也丝毫不显得落寞。远离热闹的城市，身居偏远幽静的乡村，他们真的不会觉得寂寞吗？也许在经历了丰富的生活，年老后，心也沉静下来，眼前这块远离市区的净土，看不到尘土飞扬和游人如织，正是使心灵得以宁静的养生之处。经过了年轻的激情和热闹，谁说这样宁静的乡村生活，不是老人渴望的最终归宿呢？

我在河畔边的一个森林里漫步。湖面上白云的倒影，像是浮动的棉花糖，高高的芦苇和水草旁，野鸭游来游去。就是在这里，我遇到了杰克。

"拍得不错吧？"看到我一直在拍，他走过来。杰克是个南非怪老头儿，说着怪里怪气的英语，身后跟着一只爱尔兰金毛犬。"咦，你拍的风景，是哪里？""就是这里。""为什么你拍出来的就显得不一样呢？""这就是摄影嘛，你能看见就看见，看不见就看不见喽。"我答道。杰克耸耸肩，又指着身上的橄榄球队服说，"明天有一场Monster队的橄榄球赛，Monster一定会赢！"

　　"啧啧，摄影师也不错啊，可以到处走走，尽情享受。"聊了会儿才知道，杰克一个人在爱尔兰旅游，或者说更像流浪，天天就吃住在自己的旅行车里。他在森林里行走时总是把指南针放在身边，以免因为茂密的枝叶挡住阳光或者道路复杂而迷路。我们沿着森林一路走，河畔边的风景不停变幻。

　　杰克看了几张我拍的照片，不住点头。"在我看来，上帝也是个摄影师。"他突然说，"你看，这些美景，是多么美丽的光线和色彩才能勾勒出来的啊，哈哈。"过了会儿，又问，"摄影师赚钱吗？""摄影可不全是赚钱的事儿。想拍的时候，不给钱也可以去拍，不想拍的东西，给再多钱也可以不去拍。另外，同样的照片永远不会再有第二张了，多少年后，它就变得无比珍贵，有时候还真没法用钱衡量。"高谈阔论了一会儿，我们走出森林，来到河边的一家乡村气十足的酒吧休息。

　　酒吧里零零散散的有些游人，里面的布局更像个小城堡，墙壁都是石头砌成的，古朴的木质桌椅旁烧着炉火。旁边的木架上摆着瓷盘、瓷碗、鲜花，墙壁上挂满了各种画。每人点了杯啤酒，话题就打开了，大多聊的是橄榄球和体育。

　　杰克了解到我也在旅行后，问我想不想感受下住在野外的感觉，他愿意把帐篷借给我住一宿。我想如果不去赶渡轮，留下来多看看美景也不错，就索性决定露宿一晚，第二天再坐船回去，就谢了他。喝完酒，走出酒吧，他的帐篷就在外面的车里。

一辆很大的旅游车。在爱尔兰成天住这种旅游车的人，不是旅游家就是流浪汉。"你可别往里看啊。"打开车门，杰克尴尬地说"可以看别的，别看床啊，太乱了。"偏偏第一个映入眼帘的就是一张脏乱的床，上面还摆着各种干粮。他拿出一个长长的折叠帐篷，像是一把巨大的雨伞，沉甸甸的。"喏，这个借给你，晚上我住车，你把帐篷搭在车旁边，咱们还能聊会儿。""帐篷搭在哪里？""河边，不是这里。"他指了指旁边一个牌子，上面写着"禁止搭帐篷"。

于是我和杰克又上车，沿着香浓河畔行驶了会儿，昏黄时在森林的一处停下来。"喏，这里很好。"森林就靠着宁静的香浓河畔，身边各种古木参天。

我们选了一块干净的地方，拿出折叠帐篷，先支上四个支柱，拧紧螺丝，然后

把它撑起来。杰克又拿出一个气垫和褥子。一个临时的小屋很快就搭建好了。

"你要喝热水吗，或者来一杯咖啡？"杰克问。他像变戏法似的在车里取出一个电炉，插上电源，从一个瓶子里倒了一些水，放在一个金属容器里，最后放在电炉上。很快，我们有了热水。他又在小锅里煮了鸡蛋，用两块肉饼做了简单的汉堡，这些在锅里都很快就熟了。

黄昏的香浓河畔美极了，除了远处几只小船在摇曳，还有几只鸳鸯在水里追逐。

几阵风后，开始下起小雨，杰克马上把几个大瓶子拿出来，涮了涮，放在外面，然后又躲进车里。"你在接雨水来喝吗？"我问，"旁边的河水能不能饮用？""应该不能，你看，"他指着远处的山脉，"那座山离河很近，上坡的泥土和污物都会流到河里"。天渐渐暗了下来，远处突然一只庞大的鸟类扎进河水，伴着一声沙哑深沉的叫声，扑腾几下又飞了出来，把月光下的河面击打出无数的水涡。也许是一只海雕在捕鱼或者吃水草，晚上看到这种动物，总觉得有些危险。

"幸好爱尔兰没有蛇。"我说，"要不我在帐篷里就危险了。""放心吧，爱尔兰所有的蛇在几千年前就被人赶到大海里了。"杰克嘿嘿地笑。传说归传说，我还是觉得爱尔兰这个孤独的岛国远离欧洲大陆，以前又很寒冷，蛇应该是不可能渡海过来移居的，也许就像格陵兰，新西兰没有蛇一样。

天彻底黑了下来了，那些稀疏的树枝在浓重的夜色下已经不见了轮廓，远处沼地旁忧郁的林木在风中呻吟摇摆。一颗流星从空中坠落，缓缓地落向河畔，消失在远处朦胧的阴影中。

我钻进了帐篷，把里面弄得严严实实的，用厚厚的毯子把自己裹起来，又盖上大衣。杰克从车里拿出块大木板把帐篷挡住，最后说了声："晚安，伙计。但愿你好运。"我把帐篷打开一个小角，外面又一阵微风吹来，伴随着河水清新的味道。河畔远处隐约有几处微弱的灯光，不知道是小船，还是什么建筑。头顶被参天的树林遮住，黑压压的，隐约地透着亮的是璀璨的星空，明天应该是个好天气。拉上帐篷躺下，迷迷糊糊地睡了。夜里时不时醒来，外面传来月光下河水流淌的声音，偶尔伴随着狐狸之类四足动物的叫声和不知名的一两声鸟鸣，又很快平静了。

第三日 中世纪晚宴

晚上没睡好，早上又困了起来，在帐篷里睡懒觉，过了一会儿被杰克吵醒了。他在车里弄了点儿早餐，又抓了把坚果吃得津津有味。我实在吃不下，只喝了一口水。

上午河边清新的空气很快使我困意全无。"我今天去看橄榄球比赛，你去吗？""不啦，我下午要去本拉提城堡。"比起使爱尔兰人狂热的橄榄球，还是城堡里的中世纪晚餐对我的吸引力大点儿。于是，在半路上谢别了杰克，坐渡轮回去取车，慢悠悠地向本拉提城堡的方向开去。

一路上走走停停，欣赏着河畔附近的风景，下午才到了城堡附近。找了一家旅馆，时间离晚宴还早，于是洗漱了一下，去掉露宿后满脸的倦意。这家旅馆主人真是喜欢瓷器和艺术品，旅店里布置得舒适而文雅，墙上还挂着一些爱尔兰艺术家的油画和警句。

晚上五点多，散步去几分钟外的城堡，一路上一边欣赏着附近乡村气息浓郁的景致，一边寻思，这次晚宴和前天晚上的大餐有什么不同呢？对于中世纪晚宴，我早已梦寐以求。中世纪的欧洲，给人太多的遐想，充满了神奇迷离的色彩。宗教文化，骑士文化，哥特式建筑，文艺复兴一股脑儿浮现在脑海中。

几分钟光景，已经走到了城堡脚下。旁边有一队穿着随意的美国游客，得意地挺着肚子，不拘小节地款款而谈。美国与爱尔兰仅隔着大西洋，历史上也算有些渊源。19世纪中叶的大饥荒使那么多爱尔兰人移居美国，以至于现在美国拥有近4000万爱尔兰人后裔。也许这个长队里就有爱尔兰裔的美国人，回来了解祖先的文化。

刚踏进城堡，一位穿着古代仆人服装的美女热情地递上一杯酒。这杯中的蜜酒是用蜂蜜、水果和谷物制成，喝上一大口，浓浓的醉意立即袭来，仆人热情的笑容，像外面盛开的花，比蜜酒更浓更甜。

城堡里摆着很多张大长桌，看我是只身一人，仆人把我安排到桌边的位置。中世纪用餐礼仪繁多。譬如主人之外最重要的座位永远留给宗教显贵或重要客人；在指定的座位落座后才能用餐；饭席间不许动手碰耳朵，碰过自己嘴的食物就不许再放回木盘。

城堡里昏暗的光线完全来源于摇曳的烛光。我和身边经过的每个仆人打招呼，有一位先生见我是这里唯一的亚洲面孔，问"你是哪里人？""中国人。""哦，

你们的领袖也来过这里吃晚宴呢！"确实，在乡村气息浓郁的西爱尔兰看看香浓河，再感受下中世纪晚宴，才能算不枉爱尔兰之旅。

每个长桌都能做 10 多个人，桌上摆着碗和酒杯，杯中装满蜜酒和葡萄酒。每个人只有一把小刀，作为唯一的餐具——它是用来切肉的，吃饭时则需用手抓。我旁边坐着两个德国女孩，再旁边是一对美国夫妇。大家闲聊间，所有饭桌已经坐满。台上开始了音乐表演，手提琴，竖琴，美妙的音乐像西爱尔兰的香浓河水，像林间的清风，像杯中的蜜酒，像美貌的女仆。

正餐上来了，是烤肉。台上的演员又变成仆人，每人手中捧着装着烤肉的托盘走到席间，用叉子把肉分到每张桌上的大盘中。大家看着大块的烤肉，不知所措地笑了。只有一把刀，一大块肉，怎么切？于是大家配合，一两个人用刀把肉固定住，我去把肉切成一样大的几块，然后两个德国女孩把肉分到每个人的盘子里。

香味纯正的烤肉夹杂着鲜美的酱汁，有的还带着骨头。用手拿起一大块，放到嘴里，没有人会笑话你，因为在这里，每个人都是这样吃。中世纪的晚宴，食物就是块头大，不怕分量不足，只是调料相对缺乏的中世纪，不知道会不会达到今天晚餐的这种美味。

和身边的游客交谈后才知道，很多人都是为了体验中世纪晚宴才特意来爱尔兰的。一个美国游客告诉我，他们几年前已经来吃过一次晚餐，但还是忍不

住再回来感受一次。

烛光摇曳。精美的甜点在口中融化，爱尔兰民族音乐此时离我如此之近，爱尔兰人那种特有的热情和质朴，像香浓河畔那清澈的河水般流淌心间。

摇曳的烛光下，优美的乐曲与美味的晚餐交织在一起，时空仿佛在中世纪的某一处凝固。酒席散去时，客人们仍然依依不舍地留在古堡里聊天，不想让梦从中世纪醒来。城堡外传来了悠扬的风笛，一个穿着苏格兰方格裙的男子在城堡外忘情地演奏。美妙的风笛声回荡在浪漫的古堡间，荡漾在附近幽静的香浓河畔，流淌于质朴的乡间。离去时回头看一眼，才发现，本拉提城堡已经升起了初上的华灯。

➤ 巴利巴宁
高尔夫挥杆者的天堂

早上从中世纪晚宴的梦中醒来，才发现昨晚吃饭的时候，蜜酒有些喝多了，往往看似柔弱的酒却都会使人在不知不觉中沉醉。今天应朋友之邀来到香浓河边的巴利巴宁（Ballybunion）享受挥杆之乐，更多的是来体验一下这里著名的高尔夫球场。

　　"你知道谁在这里打过高尔夫球吗？ Tom Watson, 老虎伍兹，Payne Stewart, 迈克尔乔丹，美国前总统克林顿，还有……"一进门工作人员没完没了地介绍。

高尔夫球场

如果说苏格兰人孕育了高尔夫，美国人发展了高尔夫，那么爱尔兰悠久的高尔夫历史及令人叹为观止的自然景观，则成就了它高尔夫球场上的神话。爱尔兰现有高尔夫球场 433 个，人均球场拥有量居欧洲首位。它不仅因其惊艳奇特的球场闻名于世，近年来更随着爱尔兰球手在赛场上屡屡创下的辉煌成绩，被赋予"冠军之乡"的美誉。这里不仅拥有世界级的林克斯球场及独具特色的陆地球场，世界上大约 30% 的天然海滨球场也错落于翡翠岛美丽的海岸线上。

　　我们带着太阳镜、功能性饮料、防晒霜、帽子，当然还有巧克力，甩下其他一切物品，进入球场。这是一个典型的海滨科林斯球场，伴随着温带海洋性气候及粗放式的管理，没有过多郁郁葱葱的绿色植被覆盖，几乎完全就地取材，长草区里的野草竟可自由生长达一米多高，覆盖在旋转起伏的沙丘上。球道也没有过多人工雕琢的痕迹，地势高低起伏较大，最大程度地保留了原有的地貌地况。

　　如果说一般的高尔夫球场似乎被保护得太好了，那么爱尔兰林克斯球场粗

犷奔放的美，更能让人真切体验到大自然苍劲豪迈的力量。

随着山峦的起伏，球场的狗腿洞和沙坑非常密集，海风肆虐地横扫球场，时不时还夹杂着阵阵细雨，无疑增加了挥杆的难度。对于初学者的我，不知该如何把控球的飞行方向，一不小心就会造成球的遗失，而对于那些想寻求挑战的球友而言则提供了难得的机会，让人精神振奋，却又必须保持足够的清醒和耐心去突破其中的奥秘。

由于球场高低不平，有时一竿子敲出去，球斜着打到乱草丛里，很容易丢失。最后在果岭，把球推进洞里，看似简单，但是实际却很多杆都推不进去。

不过这又有什么呢，难道打高尔夫，

真的只是为了把球送到洞里吗？身边的几个球友都打得很好，每打出漂亮的一球，我都一定要赞美他们，每一杆都可能成为一个赞美的机会。我们不用球车，而是背着包走打，行走在起伏的高尔夫球场，顿时找回了童年在山谷里玩耍的感觉。踏在柔软的翡翠般的绿地上，呼吸着青草的芳香，吹着大西洋的海风，享受着开阔而宁静的美妙。

由于球场的地理位置，潮湿的海风不断呼啸，尤其在高处。球友从口袋里掏出一瓶爱尔兰威士忌，咕嘟咕嘟地喝上一口，又得意地用球杆颠了几下球，问我"要不要来一口？"我接过酒，喝了一大口，一股热流顺着喉咙流淌。球友告诉我，以前苏格兰人打球，为了防止海风寒冷，每打一洞，就拿出威士忌，喝一瓶盖酒，这样打完18洞，一整瓶威士忌进肚，球也玩儿好了，才肯收杆回家。

　　等我们打完球，好几个小时过去了，不知道走了几公里的路，却没有很累，最让我留恋的除了和球友的畅谈，还有一路的沿海景致。

　　来到高尔夫球俱乐部二楼的餐馆，找一个靠窗户的位置坐下，身上暖洋洋的。

　　看着菜单上花样繁多的海鲜都想试一试，可惜胃只有那么大，只好点了一份凯郡三文鱼。

　　"你知道吗？古代苏格兰牧人无聊的时候，用赶羊的木棍把石头打进野兔子洞里，被路过的贵族看到了，觉得好玩儿，就发明了高尔夫球。"朋友说着又看了眼窗外起伏的沙丘。大片起伏的绿地连接着远处的大海，在蓝天下真的像是一块极美的翡翠。

古 墓

吃完饭，离开高尔夫球俱乐部的时候，经过旁边的一片墓地。高尔夫球场和墓地相邻而建，在这里并不觉得突兀。爱尔兰人并没有坟墓影响风水的说法，所以很多风水优美之处往往是别墅挨着墓地修建。听闻这片墓地是14世纪建成的，于是不由自主地踱步进去观瞧。

草坪上，林立的墓碑旁，星星点点地点缀着一小片野花。每块墓碑上都有一个凯尔特风格的十字架，有的还刻着三叶草。远处山脉起伏，显得稳重而肃穆。

有几个来悼念的人，走到逝者的墓碑前，把鲜花静静地放下，默默地站了一会儿。每个人在墓碑前讲几句话，有的居然还和逝者开起玩笑，或时不时地来一段儿即兴演讲。顿时觉得，爱尔兰人看待死亡时，少了些恐怖或忌讳，甚至在他们的生死观里，死亡是可以被开玩笑的。也许因此，这里的墓碑并没有

阴森的感觉，也丝毫不显得沉重。

　　在墓碑旁踱步，总会略有所思。细细打量，才发现，多数的墓碑是家族墓。有的是一代人，有的是两代甚至三代。一块墓碑上写着19世纪中叶出生的一对夫妻的生卒年，下面是他们5个孩子的生卒年，再往下是其中一个孩子与他妻子所生的4个孩子的生卒年。顿时觉得时光飞逝，人生如白驹过隙，禁不住驻步深思。

　　当一个人的生命走向完结，这些碑文便成了他一生的浓缩。有些碑文很短，但读起来饶有趣味，甚至堪称艺术，彰显着不同的个性。一块墓碑前摆着一个木质十字架，看起来已有年头，上面刻着"特别的朋友，在所有的时光里，不论好坏，你将永远被铭记。"

　　绕过这块墓碑，角落里却看见一个青年在那里读书。突然觉得，这些逝去的生命长眠之处，也许却是用来静坐、读书、冥思的好地方。宁静的墓碑与远山见，只有几片浮云偶尔飘来，停留片刻，又匆匆离去。地下的灵魂安息于此，也许胜似天堂。

➤ 基拉尼小镇与国家公园
宁静浪漫的西部乡村

　　几个世纪前欧洲的乡村风光总是令人充满遐想，要领略这样的自然风光，首先要到一个叫做基拉尼的小镇。车行驶在乡间路上，窗外时而闪现出荒野，时而穿过绿地、农舍，成了一片懒洋洋的乡村景象。朋友小李听说我要来，又约我过几天去攀登距这个小镇半小时车程的爱尔兰最高峰——卡朗图厄尔山（Carrauntoohil），于是我们说好从不同城市出发，在小镇见面。

　　快要到基拉尼时，远处一条条雄伟的山脉依稀可见。山坡上时而闪现出几个优雅旋转着的风车，把一阵阵温暖的诗意洒向我的心间。抵达的时候正是将近黄昏，镇上游客很多，但却不显得喧哗。一条长长的街道，两边是五彩斑斓的小房，有的是居民住宅，有的是店铺，旁边还有爱尔兰的连锁商店 Dunnes Stores，橱窗里摆着入时但打折的服装和生活气息十足的家居用品。

　　美丽的花店，窗台上精美的盆栽，每个不起眼的角落里都可能藏匿着一道优雅的风景。一些房屋的墙上还被画着五颜六色的涂鸦，却不失为美妙的艺术品，使这个原本童话般色彩斑斓的小镇更加亲切。

　　有一个家族型摄影室橱窗里陈列着各种尺寸的婚纱照、全家福，都镶嵌在精美的相框里。有张发黄的旧照片，少说也有三四十年了吧，选景就是在这个小镇的某个角落，对比照片与如今的场景，几乎没有什么变化。照片旁边躺着几台上世纪二三十年代的胶片相机，它们早已走下历史舞台，却依旧让人联想到近一个世纪前被凝固的美好时光。

　　这个充满旅游气息的小镇，却又显得宁静而慵懒。路边停着几辆四轮马车，车夫得意地靠着椅背，等待游人乘车。一间房屋下，一老一少正在对窗户进行

修补，一个站在梯子上，一个在下面扶着梯子，懒洋洋一边晒着太阳，一边不紧不慢地干活儿。

计划好第二天去附近国家公园的行程后，我在小镇火车站旁边的一家酒店落脚。天色渐晚，游人都纷纷找餐馆落座，小镇一片繁忙景象，我也开始寻找地方用餐。正在街上徘徊的时候，突然有人从后面拍了下我的肩膀，"老朋友，你在这儿干什么？"我回头一看，原来是多年不见的老同学戴尔曼。戴尔曼在上学的时候并不是我最有交情的朋友，但在偏远的西部小镇，遇到一个多年不见的熟人，对于我来说确实是一件很高兴的事情，于是相约在镇上共进晚餐。

镇上街头一家海鲜馆，服务生带我们去看了鱼缸内硕大的龙虾，又向我们推荐特色菜袋鼠肉。还有几家外国风味的餐厅，里面的生意也都好得不得了。最后我们在主街一家叫 Chapter40 的餐馆落座。厅内布局高雅，餐桌铺着整洁的桌布，暗调的餐馆闪烁着蜡烛，昏黄的光线极像是那种荷兰派绘画产生的美感，饭厅内还低声播放着意大利古典唱片。

"老同学，好久不见，你怎么到这里了？"戴尔曼的蓝眼睛里充满好奇。

"度假，顺便寻找些创作灵感。我前几天刚去参加了中世纪晚宴，真的不错呀。你怎么样？"

"老样子，目前做一家公司的高管，其他老同学也都混的不错，很多人去美国、瑞士工作了，也不经常联系。你可变瘦了，谈谈这几天的经历吧。"

我把这个礼拜的旅行见闻一股脑地讲了出来，强调了对爱尔兰音乐和舞蹈的热衷，最后说："我真的有点儿喜欢上爱尔兰民族音乐了呢。"

有一阵，戴尔曼陷入了沉思，许久才说，"你知道吗，我童年是在一个偏僻封闭的海岛上度过的。"

"哦？"我瞪大眼睛，等他说下去。

"可以说，我最早的记忆就是有关岛上的音乐。那时候人们买不起乐器，只有自己制作，也没有人教我音乐，只有自己学，岛上实在太封闭了，大西洋海风又威胁我们的生存，所以岛民唯一的乐趣就是音乐。只要有音乐响起，岛民就会自发地跳起舞来，也从来没有人教跳舞，只要生活在那个岛上，这些自然就会了。"

"听起来像是音乐和舞蹈，都是血液里的东西了。"

"完全正确！你知道吗，我奶奶告诉我，她年轻的时候，有个诗人和歌手就住在她海边小屋的旁边，他是个很安静的人。每当她放下纺线，和丈夫去撒网的时候，就看见他正面对着大西洋的海浪久久发愣，那时候她想，'他一定是在获取歌唱的灵感吧'。后来他作了一首很有名的歌曲，赞美那个海岛上的宁静生活，还有岛上的绿色，完美的海滩和高歌的海鸟。"他又顿了顿，"现在条件好了，人们都是在学校学音乐，可缺点是，大家都千篇一律，再没有自己创作的部分了。"

我们围绕着旅行见闻正聊着，席间又发生了一件有意思的小插曲，叫我们哭笑不得。一个侍者端着插满蜡烛的生日蛋糕，动情地唱着"Happy birthday to you! Happy birthday to you!"径直向我们走来。到我们面前，大蛋糕都放下了，才发现送错了桌，闹得她一脸尴尬。餐馆经理赶紧来向我们道歉，拿回蛋糕，又向过生日的人道歉，我们也忙笑道："不要紧"！过生日的主人把蛋糕分完，居然又切了两块给我们送来。我们不好意思拒绝这份热情的邀请，于是谢过后，席间每人又多了一份免费的饭后甜点。

"老同学，相识多少年了啊，让我们干杯吧！"久别重逢，往事如潮，滔滔不绝的话题，加上旅途中的愉悦，我多喝了几杯，时间也飞快地过去了。送别戴尔曼的时候，竟有些伤感，下一次见面，不知道要多少年后了。

第二天起来，我决定欣赏基拉尼国家公园的时候用自行车代替马车，这样更适合随处停下。在镇上租了辆车，就直奔小镇边区的国家公园。

这个占地一万公顷的国家公园，是17世纪时以英国湖区为标本打造而成的。树林、湖泊、高山、草原和庄园，这样的一个静谧的世外桃源，处处散发着17世纪的乡村味。可惜国家公园在建成后，竟被世人遗忘了两百年，直到19世纪英国维多利亚女王的邂逅，才使它名扬世界。

路上时而有一两辆双轮敞篷马车迎面而过，每辆车上都坐着三四个游客，边赏景边听车夫讲小镇上的往事。回头看时，马车的背影渐渐远去，哒哒的马蹄声依旧在林中回响，我的思绪也随着飘回了维多利亚时代。

国家公园入口处，几对少年穿着黑色西装翩翩起舞，一会儿是摇摆爵士舞，一会儿节奏一变，又跳起了爱尔兰民族舞。旁边茶屋外休息的游客，喝茶之余，不时报以热烈的掌声。

走在国家公园的一路上，随处可见曾经在整个爱尔兰密生的橡树林，爱尔兰特有的莓实树一类稀罕植物也让人耳目一新。道路时而随蜿蜒的小河而上，时而伸向茂密的树丛和峡谷之中。有一处湍急的小瀑布，水流撞击岸石激起水花，在阳光下幻变为五彩缤纷的水珠。附近的乱石旁长满苔藓，旁边还生出几颗罕见的蕨类。除了松鼠在树丛中跳来跳去，偶尔飞来几只嘈杂的红嘴山鸦，和喜鹊在林间追逐嬉闹。

远处高地的斜坡上，几片云朵飘过，巨大的阴影从山地移去，展现出一群爱尔兰稀有的野鹿。从一万年前的冰河时期后，野鹿就由人类驯养，它们已经在爱尔兰生了四千年。

穿过树林向南，我止步于 15 世纪建成的马克罗斯修道院。这个重要的教会地点处于橡树和梧桐之间，附近绿树成荫，古木参天，真是一个幽静的修身之处。17 世纪修道院在战乱中被摧毁，后来又几经重建，如今已经支离破碎，岁月给它留下了沧桑和伤痕，但透过哥特式风格的窗户，精细交错的纹理，似乎还能让人猜测到当年的神采。修道院前的墓碑旁长满野花杂草，年复一年地覆盖着这片净土，早已入土为安的修士们已经无法再去打理它们，但那几簇动人的野花，依旧会在静谧的夜里吐露醉人的芬芳。

空荡的修道院里，除了我，只有一个风光摄影师架着大画幅相机，久久地拍摄一座墓碑。墓碑破旧而残缺，黄土下的那个人，这个早已被人遗忘的角落里，究竟藏着怎样的故事？

离开了修道院继续向南，经过树林和绿地，在静谧的湖水旁，有一座马克罗斯庄园。庄园是在 19 世纪中叶由一个苏格兰艺术家为凯里郡议员而建造的。

复古的都铎王朝风格建筑共有 65 个房间，英国维多利亚女王曾经就在其中的一间入住。1932 年，这个议员家族把马克罗斯庄园和一万多英亩土地捐赠给了国家。

庄园周围古木参天，树林繁茂，依山傍水，草坪上油画般的绿意也散发着怀旧的忧郁。要不是那几声清脆的马蹄敲醒了我，我怕真的要沉浸在这油画般的古典画卷中，再也无法醒来。

离这片怀旧的乡村风光向北，在下湖的岸边，有一个叫做罗斯的古堡守护在那里，宛若一个孤独的巨人。城堡建于 15 世纪，是一个典型的中世纪堡垒。每个角落都有一个瞭望塔，用来抵御敌人来犯，所以这里成为当时的要塞。罗

斯城堡经过了英国入侵的腥风血雨后，一度成为废墟，在爱尔兰重新独立后，才得以修复。如今这个历经沧桑的古堡，陪伴着青山绿水，依然美丽而浪漫。

将近黄昏的时候，大片金黄的光洒在古旧的城堡上，好像要唤醒历史留在古堡里的每一个记忆。夕阳下，城堡旁的金丝般的湖水与古老的山脉完美地融为一体，在附近宽广林木的点缀下，让人如痴如醉。嬉闹的天鹅也时不时在湖水中荡起层层涟漪，动人的倩影在湖水里变幻不定。黄昏的时光总会让人产生遐想，尤其是当漫步在这样一幅乡间的画卷中。

有个孩子指着湖水远处的一个逆光产生的阴影叫道："水怪，水怪！"旁边稍微大点儿的孩子一字一句地纠正："那不是水怪，是小船。"他们的母亲远远的喊："杰森，看好你的弟弟，可别叫他掉到水里去。"

夕阳从几块巨大的乌云中露出片刻，投出几条神圣的光柱，倾入远处的山谷中。当一切生灵沉浸在对这自然风光的欣赏与赞美中时，只有一位欧洲画家，还静坐在岸边的石阶上默默地写生，也许只有这样才能真正地留住这幅绝美的画卷吧。

▶ 爱尔兰最高峰
探险原始荒芜的高峰

闹表的铃声使我从昨日几个世纪前的乡村风光的梦中醒来，看到两个未接来电，才知道小李已经到了镇上，想起今天约好去攀登爱尔兰最高峰，于是走出门去镇上迎接。

天边的阴云和大风让我的心头阵阵发凉，荒芜的卡朗图厄尔山脉，方圆几公里都没有任何遮拦，于是担心起今天的行程。但早餐时电台里的预报又说是晴天，于是我决定赌一把。为了以防万一，我们在镇中心的一家旅游用品店每人买了件大号雨衣。店里遇到一对儿美国情侣，也正准备去登山，他们买了一张地图，穿着轻便的运动装。相比之下，我们除了登山必备物品——相机、雨衣、望远镜、水和高热量食品外，还备了小手电筒、打火机、小刀等工具，以备不时之需。

车渐渐远离了热闹的镇中心，穿过偏僻的乡村，缓缓上坡，行驶于只能容得下一辆车的崎岖山路。当我们还在担心降雨时，天气突然由阴沉变得晴爽。层层云海浮在蔚蓝的天空上，远处山脉下的丘陵、原野、花海，层次分明。一些林木的深色和田野的新绿略微不同，传说中爱尔兰的"四十种绿"，仿佛被风吹散，恰到好处地洒在这片田园乡间。

远处的山脉隐约笼罩在云雾里，让人心驰神往。由于地势开阔，有风的时候比较冷，等风过后阳光明媚时又热起来，我们索性把外套缠在腰间。路渐渐陡峭，在一大片充满碎石的野草地中穿行，附近尽是原始的石墙和浓密的林木。一只大个儿毛毛虫懒洋洋地趴在一块石头上，一动不动，活生生地像是散漫的爱尔兰人。

　　一条湍急的浅溪拦住去路，水中每隔一步远则恰好有一块石头，每块石头上都有人工雕琢过的痕迹，使表面不至于很滑。我们踩着石头慢慢穿过小溪，对那个铺路的好心人充满感激。

　　卡朗图厄尔山海拔 1038 米，山脉蔓延 19 千米。难的不是山的高度，更困难的是，通向最高峰山脚的路上遍布起伏不平的碎石与野草，有时还有小溪和阴暗的沼地挡住去路。通往山峰的路上还有几座参差不齐的、凶险的小山罗列在旁边，而最高峰的顶端有一大截被黑压压的云雾笼盖，整个山体也处于巨大而神秘的云阴中。

　　漫步于这未经过雕琢的山水之间，顿时胸怀像天地般宽广，思维像骏马般驰骋，不禁想起"智者乐水，仁者乐山"这句古语。水的流动，让人思维变化无穷，山的宁静，使人坚忍不拔。可见山水对人的心境和胸怀，有着怎样的影响。

　　远方山坡上有几只羊，有的站在花丛旁吃草，有的一动不动，仿佛俯视着山谷完美的曲线。我于是痴想自己变成一只羊，隐居在这千万年不变的荒山原野中，过与世无争的生活。

　　一开始，完全找不到通往山脚的路，只是隐约看到远处山峦的雄姿，于是就朝那个方向摸索前行。随着地势渐渐变高，一条通往山脚下的道路才变得明朗。地形渐渐变得复杂，穿过一片浓密的灌木丛，腿和手指不知道被什么植物扎了一下，腿只是阵阵发痛，但手指一直有些麻木，就用嘴用力地吸，然后用创可贴简单地包扎。

附近的树木三三两两地长着，形状迥异。几对野鸟在树下拍打着翅膀，清脆的叫声在山谷回荡。前方一大片一米多高的野草下面，隐约有流水的声音。我们小心翼翼地踏着草，走了几步，小李突然一脚陷进野草里，脚上沾满了淤泥。幸好这不是沼泽，但下面有很多积水。小李脱掉鞋子，甩了甩水，前面没有路了，只能穿着潮湿的鞋子绕过这里。

"你说这里看起来并不远，却需要走那么久。"我抱怨道。"至少你的鞋子是干的。"小李回答时无奈的表情让我想笑。人为了登峰，耗费体力、物资，绕过种种障碍，都为的是什么？只是为了冒着严寒，站在几千米峰顶？想一想，觉得人有时真是奇怪的生物。

最高峰附近有座棱角极其突出的山峰，山顶像是被齐刷刷削平了一样，山体由很多乱石支撑着，山峰上寸草不生，十分凶险。那里最初应该是海底，后来由于沧海桑田的变迁，被抬升出来，松软的泥岩不积水，又很容易被侵蚀，所以山上成了像月球表面一样怪异的不毛之地。

路上还有个U形谷，由于冰川长期缓慢移动的摩擦产生了壮观美丽的峡谷，光线斜射进峡谷中，没有被阳光沐浴的部分隐藏在深深的阴影中。路边几块形状独特的风磨石引起了我的注意。这些大石块形状规则，棱角分明，想必是大沙粒落下，由于长期固定的风向侵蚀而成。

小李忽然兴奋地叫了起来，左侧不远处有一个湖！湖心有一个很小的"岛"，目测大约不到 100 平方米，上面盖满了植被，碧绿色的湖水一面依山，山顶上云雾缭绕，阴森森的。

打量着眼前这座伟岸的山脉，半山腰以上的部分被阴云挡住，整个山上由于太高，山顶没有一点儿亮光，而身后几里地之外的草地和碎石路上却是阳光明媚，尽管我们走了几个小时，回头看了一眼，却还能看见停车场的方位。

我们继续边走边聊，有时候也走了很久不说一句话，只是打量路上各种复杂奇特的地貌。不知道过了过久，那段陡峭崎岖的碎石路终于到了脚下。也许是冰川和水流的沉淀物，山脉脚下的碎石变得越来越多。与其说这是条路，不如说是无数碎石块铺在峭壁上。碎石有大有小，石头又滑又松动，我们双手扶着突起的大石块，弯着腰小心攀登，每一脚落下都要试探一下地面，生怕随着碎石块滑落。

阴暗的山路越来越狭窄，越来越陡峭，通往隐藏在云雾里黑漆漆的巨大山脉。身旁的细流沿着碎石而下，泡沫飞溅。我的鞋子终于也被流水淋湿，一股凉意由脚底传遍全身。

有时候路被上方一块巨石挡住，需要小心翼翼地横着绕过几块突出的石头，才能找到路继续向上。有一两次，我们在上面找不到路，绕行很远才发现又被一个无法逾越的巨石挡住了，不得不又折回来。一开始还走得比较快，后来坡度变陡，腿越来越酸，脚又被碎石搁得疼痛，于是渐渐慢了下来。

　　我走在小李的前面，回头看了眼脚下险要的大斜坡，有些眩晕。狭窄陡峭的山路蜿蜒而下，穿过下面丝绸般缓缓浮动的湖泊伸向远方。小李正背包在下面 10 米左右的地方沿着陡峭狭长的山路向上爬。"你真是一夫当关，万夫莫开啊！"我兴奋地喊。

　　我们在一个坡度平缓的地方歇脚，上面有两个人和我们打招呼，正是早上遇到的美国情侣。"我们已经登顶啦！"女人手舞足蹈，"之后还在旁边的山脉转了一圈儿，真不错呢。"这时才发现他们都拿着专业的登山用具，手上还戴着个表，可以记录登山的公里数，而我和小李边走边拍摄风光，所以慢了很多。

　　越往上爬越显得原始荒芜，身边不断伴随着地下咕咕的流水声。山风呼呼作响，越来越猛烈，幸好我们的衣服带着帽子。歇了会儿，我们一口气爬过了这个阴森的地方，到了一块平地。眼前豁然开朗，却出现了一个又大又长的坡。无数大小不一的碎石块堆在路上，通往天边雾气笼罩的最高峰，一眼望不到尽头。山斜面上的每个行人，只是不同颜色的小点儿，仿佛定在那里不动，从近到远，稀松的罗列着。路虽然不再险要，但碎石时时刻刻使湿透的脚格外疼痛，一成不变的路使腿麻木不堪。我们走走停停，将近一个小时，

才登到山顶。

　　大风呼啸，不时地把山顶的细石吹落山崖。首先映入眼帘的是一个大十字架，砌在一堆碎石上。石头上有一些牌子，每个牌子上都写着一些英文。其中一个是为了纪念第一个登上世界著名的死亡之峰 K2 峰的爱尔兰人，他是为了救一个伤员而落崖身亡的。

　　山顶上只有十几个登山者，而且大多数都是跟旅游团儿来的。经验丰富的导游带来了便捷与轻松，却使登山者失去了挑战的体验，正如通过索道登山一样索然无味。几只绵羊站在山顶的峭壁上，和人警惕地保持一段

距离。我们只要稍微靠近，它们就沿着几乎九十度的悬崖向下爬去，动作相当敏捷。

从山顶向下瞭望，可以清楚地看到很多条小径，我们开始走的居然是一条极难的路，在复杂的地形上绕了一圈冤枉路才走到山脚下。此刻我正站在爱尔兰最高峰，瞭望着远方山体完美的曲线，远处的湖水像是精灵的眼睛，怔怔地凝望天空。

"应该留下点儿什么吧？"寻思了会儿，我们找来一些碎石，用它们摆成一个硕大的"China"，让古老的石块见证我们征服过这里——爱尔兰的最高峰。看着眼前的画面，我不禁浮想：爱岛西部这座孤僻悠远的荒山峰顶，又曾有几个中国人来过呢？

山风异常猛烈，让人睁不开眼。先前的几个登山者早已离去，山顶就剩下我、小李和几只不怕孤单的绵羊。附近雾气笼罩，只能依稀看清前面不到十米的路，光线把附近的碎石都变成了诡异的紫色。回程中有一块大石头上写着，某某登山者在此不幸遇难，长眠于此。我看完冒了一身冷汗，幸亏今天没有下雨，否则必定会增加几分凶险。

经过湖泊时，棉花般的云朵正好映入深蓝色的湖心，像一块稀世珍宝。远处的山峦上渐渐出现了夕阳漫射出的红色，和山峦产生的阴影形成了强烈的对比。附近的低云也被染红一片，由远而近的草地、花丛、灌木、树木、碎石，分明是一幅色彩鲜明，极富层次的画卷。

日落前我们回到了停车场。在黄昏中，我们怀着征服高峰的愉悦，回到了热闹的小镇基拉尼。小镇里的人还是慢悠悠地活着，女人们依旧打扮得花枝招展，准备去酒吧过夜生活。我和小李在快餐店里点了两份套餐，又买了酒，回忆着登山的经历，畅谈到很晚。

➤ 斯凯利格·迈克尔岛
偏远神秘的圣地

　　早上醒来，由于前一天登山过分用力，腿有些麻木，下楼梯时都觉得酸痛。左手食指被山上某种植物的刺扎了一下，醒来后依然麻木，我于是敷了些药，又休息到下午。和小李聊起爱尔兰独特的自然景观，很快话题停在了一个世界遗产遗址——斯凯利格·迈克尔岛上。

　　这个被大文豪萧伯纳评价为"一个令人疯狂的地方"的岛屿，在我的印象中是个神秘的圣地。有史以来，这个位于欧洲极西处的大西洋荒岛几乎无人造访，只有古代的一些僧侣曾在那里修行过几个世纪。

　　把小李送到车站后，我决定去一睹这座荒岛，于是打电话在岛屿附近的小渔村定了家旅馆，开车过去。在夜色微茫中抵达波特马吉（Portmagee）小渔村。附近没有任何灯光，只有不知多远处传来的海啸声。躺在旅店床上翻着杂志时，心中已对岛屿充满幻想。

　　第二天天没亮，我就按捺不住好奇，早早地走出门看风景。原来海滩与旅馆只隔着一条马路，附近几乎没有人烟。破晓时分，海面升起薄薄的迷雾，依稀可见几只海鸟在海面盘旋。附近的道路也被迷雾笼罩，远处人家的灯火，随着朝阳的升起，熄灭了。

去码头的路上，海面上飘着淡淡薄雾，岸边五彩缤纷的小房和水中生动的倒影在薄雾中分不清彼此，绕如梦境。码头边崭新的游艇都是准备开往岛屿，每个游艇大概坐着八九个人。我找到了前一天联系好的船长，登船了。

游艇远离了岸边，飞驰在茫茫大海中。行程中，几个二十不到的年轻人一直嚷嚷着要去看岛上的各种珍奇的海鸟，我注意到船上没有孩子，因为岛上的岩石路十分凶险。游艇在风浪里颠簸的很厉害。由于我只顾着拍风景，没有扶好，竟然在一次颠簸中腾空飞起来，撞在一个四五十岁的大汉身上，于是连连道歉。这人倒是好脾气，脸上没有一丝怒意，反倒开口问我是不是日本人。

"你再猜猜。"我说。"泰国人？菲律宾人？"没想到他越说越不靠谱，只好打断他，"你为什么不说我是中国人？""中国人？不，你怎么会是中国人，中国人说话都是这样的。"于是他嘴里开始蹦出一个一个滑稽而毫无意义的音阶。"哦，你模仿的是香港人，那是粤语的发音，中国的大陆人不是那样说话的。"我恍然大悟。"我还以为你是日本人。"他顿了顿，"不过日本怕是有一天会沉没了，爱尔兰也是。"听到他突如其来的这句话，我着实吓了一跳，不知道他是疯子还是预言家。"想想吧，上帝创造了人类，如今科技发达了，可是我们在做些什么啊，地球变暖，冰川融化，海平面上升，再这样的话，世纪末日就不远了。""预言家"越说越激动，"就拿我们要去的这个荒岛来说，鬼知道这样纯净的地方还能有多少呢！"尽管之前一番慷慨激昂的言论让人觉得不安，但最后这句话总算是说到了点子上，"这样纯净的地方，世界上还能有多少呢？"我心里暗想。

四十多分钟后，海面上出现了一座岩石岛孤悬挺立，上面荒凉而杳无人烟。主岛的旁边还有两个尖尖的小岛，像石头堆积成的荒山。船长告诉我们，我们正在靠近斯凯利格·迈克尔岛。

巨大陡峭的黑色山体矗立在眼前，上面还有绿草覆盖。一些硕大的石块依附在山体上，仿佛随时可能掉落。"Sceillic"的意思是陡峭的岩石，Skellig这个词由此衍生而来，现在一见，果真名不虚传。

由于地势险峻，这个全球最美的世界遗产之一，也是最难造访的一个去处。然而就在这个仿佛被世界遗忘了的角落，自从6世纪第一次被人类发现后，8~13世纪，一批爱尔兰早期基督教徒竟然历尽艰辛度过大洋，来到这个极度荒凉，生活艰苦的孤岛修炼。由于岛屿的偏远，它成了欧洲最神秘，保存最完整的早期基督教隐修地。据说直到13世纪，由于气候恶劣引发的严寒和海上大风暴的恶化，僧侣们才被迫离开岛屿。

踏上岛屿的时刻，我面对眼前壮观无比的自然奇景，心底不禁升起一种不可名状的敬畏与震撼。为什么造物主要把这种充满神韵的鬼斧神工之作，藏在这种偏僻悠远之处呢？

"你们真算幸运，"一登岸，导游就对我们说，"这个区域降雨量很大，气候反复无常，运气不好的游客等了很多天也无法登岛哩。"走了十几分钟后，他突然停下，要求每一位游客仔细阅读路边牌子上的安全注意事项，上面提示有些石路比较松散，容易发生事故等。在我们阅读时，听到他和旁边的人闲聊，好像是在形容几年前冬天海潮引发的一场灾难。

在这个高出海面近200米的荒岛上，只有靠悬崖峭壁旁600个石阶串联成一条蜿蜒的小路，通往顶端。石阶并不平坦，又狭窄而陡峭，需要扶着锁链小心前行。下面的海浪反复拍打着山脚，仿佛要把岛屿吞噬，薄薄雾气中依稀可见远处的小岛。我们一字排开，沿着蜿蜒的岩石阶梯，小心翼翼地攀登，重温着一千多年前僧侣们的行程。

山上除了石头，大部分的山体被绿草覆盖，没有一颗树。由于没有围栏，石路又窄，每一步都需要很小心，有个耄耋老者，弓着身子，手脚并用地一步步向上蹭，同伴小心搀扶着，嘴里不停地鼓励。快到山顶时，出现了一片由粗糙的巨石堆砌成的石墙。弯腰穿过一个很矮的石门，很多蒙古包形状的"石垒"出现在眼前，这些原始的建筑就是修道院遗址。

  这些四五米高的"堡垒"，都是由岩石堆砌而成，外表凹凸不平，简单粗糙。由狭小的门洞进去，里面阴暗的"房间"一览无余，唯一的光源就是洞外的太阳。

  这种土壤匮乏的地方，种植都成了问题，可想而知当年僧侣们的食物来源也一定极其匮乏。不过或许正是物质上的缺乏，造就了精神上的富有。

  看着眼前粗糙而神秘的修道院，脚下蜿蜒艰险的山路，听着身边呼啸的海风，我的眼前浮现出僧侣们面对大洋的日出日落，终日与海鸟为伴的景象。这样一群执着的僧侣，曾经隐居在这片幽远而空灵的土地，他们的踪迹在千年后的今天，早已经荡然无存了，只剩下这一座座"堡垒"和十字架，证明着他们确确实实在这里生活过。这座藏在大洋深处海天一色的孤岛，与世隔绝的圣地，也许正是古代僧侣们心灵通向天堂的捷径吧。

  纵然是风景如画，心底总是冲洗不掉孤岛带来的凄凉，从山顶下来之后，游艇径直开往旁边的一个小岛——小斯凯利格（Little Skellig）。

  由于距离陆地很远，这里的生物种类也更加丰富。导游告诉我们，附近海域偶尔有鲨鱼、鲸鱼、海豚和小须鲸出没。

渐渐地，远处隐约看到一个岛礁在阳光下泛着白光，靠近些才发现，那些白色物体原来是落满岛屿的海鸥。由于小岛的岩石上没有林木生长，上面所有的景致一目了然。这些海鸥拥挤得如此密集，如果向岛上开一枪，一定能打下很多只。山脚下岩石上趴着几只灰海豹，在太阳底下懒洋洋地熟睡。由于岛礁没有人类造访过，也没有遭到破坏，上面形成了一个完好的鸟类生态圈。因为岛礁禁止游客登陆，于是船只是在附近慢悠悠地转了一圈。

海鸟有的在天上盘旋，有的扎进海里捕食，多数都依附在岩石上。仔细看，还能发现很多色彩斑斓的角嘴海雀。这些海雀主要生活在断崖或偏远的孤岛上，此时它们成批移居到这里，小岛成了它们度过盛夏的理想家园。

在岛旁看了很久海鸟，仿佛自己已经成了其中的一只，伴着古代的僧侣，过着简单的隐居生活。船开回到小镇慢悠悠地靠岸时，岸边五颜六色的房子和倒影因为光线的变化，已然呈现出另一种美丽的景致。

岸边有只海鸟，在玩弄一只大海星，一会儿把它叼在嘴里，一会儿又扔出去，仿佛对这种棘皮动物很感兴趣，旁边还有一个受伤的小螃蟹慢慢地爬走，不知道是不是从海星的腕中得以获救。

回程前，车经过了美丽的瓦伦西亚（Valentia）岛。当地人说，维京人在一千年前侵略时，由于觉得这个小岛十分特殊，不忍心掠夺和破坏它，所以岛屿被很好的保留了下来。相传岛上有很独特的洞穴，动植物群，文化和很多19世纪中叶留下的古老的建筑。由于我第二天要去丁格尔半岛，没有时间仔细欣赏，未免有些遗憾。不过在领略了斯凯利格·迈克尔岛的风貌和历史后，还是有了很深的触动，更重要的收获是它带给人深远的思索与遐想。

回程的车沿岛行驶，远处的丘陵和平原在岸边起伏，山的倒影在水里一动不动。除了几个孩子在自己家前院玩耍，附近没有任何动静。

> 丁格尔

地球上最美的地方，没有"之一"

第一日　小镇初印象

丁格尔是个大西洋旁的小镇，都说它曾被美国国家地理杂志评为"全球最美的地方"，但在没有亲眼看到之前，我是不会相信的。尽管如此，这个谜团却一直搁在心里，直到有机会去亲眼目睹。

车沿着蜿蜒的山路行驶，山坡一片片草地，是牛和羊的天堂。到达小镇的时候，已经是下午。第一印象就是镇子并不大，但游人很多，每一寸空气中都弥漫着休闲与懒散。小镇依山靠海，镇上的房子五彩缤纷。街上有一排B&B，窗台上花篮里，长满深蓝色和粉色的鲜花。我找了一家能看到海景的旅馆，放下行李，又翻了会儿免费旅游杂志，决定去看海豚和骑马。

在旅行社买张船票，出海去看当地"明星"Fungie。Fungie 是一只居住在附近海域的海豚，三十年来终日与游船嬉戏。船长说，Fungie 算是海豚中的老寿星了，相对于其他海豚，它更喜欢与出海的人互动，经常追逐着渔船。

敞篷船上坐着我和十几个游客，兴

致勃勃。船像一把宝剑划破海面，渐渐远离陆地。几十米外满是草地的小山坡上，有很多种渐变的绿，云像棉花团般飘在天上，下面则绵羊成群。很多灵活的海鸟在头上盘旋，海鸥刺耳的尖叫声，连汹涌澎湃的海潮都掩盖不住。

几十分钟后，乘客们忽然惊呼雀跃。一只体型肥硕的海豚突然从海里跳了出来，昂着头，摆出几个姿势，很快又钻进海里。过了会儿，它又从另一个方向冒出来，抖了抖绸子般油亮的皮毛。一个眼尖的孩子先叫了起来，人们于是又跑到船的另一边观看。它不时地飞跃出海面，动作轻盈，划出一道道完美的弧线，连续的跳跃引起大家阵阵惊叹。有时候它浮在水面上，用无辜的眼神和游客对视，憨态可掬。

生活在靠近碧绿草地的岸边，好的生态环境使 Fungie 享有丰富的鱼类食用。看着海豚逝去的身影，我不禁想起了古老的传说。如果善良的海豚真的曾拯救过一段不被祝福的爱情，使恋人长相厮守，那它一定是海底的精灵吧。

敞篷船离岸边越来越近，附近矮山上五颜六色的小房子也看得越来越清晰。码头上飘荡着几只色彩鲜艳的小船，旁边褐色的蝗莺拍打着翅膀，发出尖细的叫声。

登岸后，又来到镇上。很多游客从超市出来，手里捧着啤酒，正在计划怎么度过美好的夏日周末，我顿时觉得有些口渴，就到一家Murphy's店买冰淇淋。"黑莓加百利酒。"我把五欧元递给店员，几分钟后手工制作的冰淇淋递到我手里。这里除了孩子和年轻人，窗旁还坐着一对儿头发斑白的夫妇，一边品尝冰淇淋，一边用爱怜的眼神看着对方，仿佛回忆着美好的年华。

镇上有家装饰精美的小商店，橱窗里的水晶制品被雕塑成各式的海洋生物——海马，海豚，海豹，小乌龟等，在街角飘来的悠扬的风笛声中，仿佛被赋予了生命，随时准备游出来一样。细听风笛的旋律，一下子让人感到有种浪迹天涯的忧伤，却又时而夹杂一丝欢喜。

生意好的不得了的是一家海鲜店，案上摆满刚刚打捞上来的大虾，龙虾和形形色色的海鲜。来买海鲜的却大都是其他国家的游客，用磕磕绊绊的英文打听着关于海鲜和葡萄酒的一些新奇的搭配方法。原来这些游客都是来爱尔兰度长假的，他们带着全家老小来到爱尔兰，选择在镇上租房子代替住昂贵的旅馆，伙食上也自然是自己烹饪当地特色的食品。

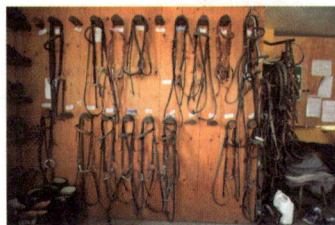

我突然想起来快到了预约好的骑马时间，就离开热闹的小镇，来到镇边一个叫文特里的小村庄。村庄依山傍海，一个安静的角落里，我在马棚旁寻找马夫。"一种是海边行走，一种是山间漫步，你选哪种？"马夫竟是一个年轻的爱尔兰姑娘，十七八岁的样子，满脸写满了乡村的质朴和淡然。"我更喜欢山路。"旁边的几个游客也都同意，于是备好了马鞍，挑选好合适的马靴和服装。"别忘记头盔，"姑娘又拿了一个头盔递给我，"我可不想你摔坏了。"

从马厩里挑出一匹黑马，我从左面踩上马镫，闪身上马。姑娘更敏捷，也飞身上马，在前面带路。有个游客好容易上了马，却死死拉住缰绳一动不敢动。"过来吧，你总是要开始的。"姑娘在前面笑着鼓励，最后马终于走了起来。我们踏走在一片绿意铺成的小路，一直延伸向远处坐落有致的山体。

"抓紧缰绳，用腿夹马腹。"姑娘不断重复最基本的动作。有时候马走到密集的草丛中突然停下，啃几口草。

姑娘告诉我们，以前有个游客一开始就把马惊吓到了，最后马飞奔个不停，把他摔骨折了，还有一次一辆吉普车从旁边经过，马受惊了，把人摔下来，缝了好几针。"所以你们要防止马紧急停下。"姑娘说。"那你自己没有被摔过呀？"不知道谁问了一句。"还没有。""知道为什么吗？是因为有女性的温柔的心。"旁边一人说，大家一片欢笑。"马，牛这种食草动物胆子很小的，但牛有角可以防身，马没有，所以马胆子更小。"姑娘补充，又一边纠正旁边的游客，"耳朵，肩膀和脚后跟尽量在一条线上。"

这时有个小伙子不小心用腿碰到马的臀部，马蹄了起来，差点儿把他甩下来。"我都说过，马很胆小哩。"姑娘话语未落，旁边的人又开始笑。之后她又开始教我们如何躲闪石头和动物的洞穴，和如何在不平的洼地行走。

远处时隐时现的海面波光粼粼，海风徐徐吹来，吹过鲜花野果的海洋，洒在这片山间小路，前面不知谁唱起乡歌来。骑在马背上，闻着泥土的芬芳，我突然感到骑马的意义和乐趣似乎并不是骑马本身带来的快乐——人，动物，大自然，当我们完美地融为一体的时候，那种感觉，就像回到了万千年前的远古。

当再次回到小镇上的时候，夏日的太阳还高高地挂着，却已是下午七点钟。一个女人端着装有二十多只新鲜龙虾的大盆，走进一家叫做 Out of the Blue 的海鲜馆里。海鲜馆外观粉饰得十分鲜艳，它映入我的眼帘时，使我眼前一亮，就像它的名字一样突然"从天而降"。

我走进这家海鲜馆，店内居然爆满。"你真幸运"服务生得知我没预定座位说，"里面还有最后一个单人空位"。得知平时只有预约才能得到座位，我暗暗庆幸。很快，一块大黑板摆到我面前，上面弯弯扭扭的英文字原来都是菜名。我点了只龙虾，一些配菜和一杯白葡萄酒。在大水缸前，我挑了只龙虾，上秤

一称——这只要 38 欧元。

　　窗外漫步的游人时不时在餐馆门口停下，观看艺术品般细细打量。阳光从窗户漫射进来，使色彩鲜艳的餐厅更加迷幻。不一会儿，一个大盘子端了上来，除了一只大龙虾，黑橄榄之类的开胃菜被分得一小块一小块的，像是精致的艺术品。放一块在嘴里，虽然味道有些酸苦，倒也十分开胃。最后侍者又送上吃龙虾的用具和葡萄酒。

　　由于附近的海水温度较低，龙虾长的比较缓慢，肉质因此相对紧些，口感很好。喝了口三年前勃艮第的夏布利，酸度较高的白葡萄酒，把龙虾的鲜美发挥到极致。

　　添菜时，侍者得意地告诉我，这家海鲜馆从 2009 年开始每年都被编辑进《爱尔兰 100 个最佳餐厅》里。"厨师天天在这种让人高兴的地方工作，做出的菜想不好吃都难。"留小费的时候，我和餐馆经理这样说。

　　沿着岸边往旅馆的方向散步时，碰到一群当地人伴着乡村音乐翩翩起舞。

他们时而跳起洒脱随意的摇摆舞，时而跳起热情奔放的大河之舞。张扬奔放的舞蹈，像粗犷的爱尔兰人一样热情洋溢。一曲舞像是一台剧，悠扬的风笛中，一段故事娓娓道来，一曲终了，旁边几个端着啤酒的人欢呼到得意忘形。

带着些微微的醉意回到旅馆，打开房门，日落前柔和的光线最后在屋中残留，洁白床单的反射使屋内对比鲜明，夏季的一天多么漫长。床头柜上放着一本圣经，和一本被翻得很烂的爱尔兰语书。屋中静得出奇，我推开窗户，凝视看着窗外平静的大洋。时间，仿佛凝固了。

第二日　雨中小镇

早上拉开窗帘，问自己，这里是"全球最美的地方"吗？接待处还亮着昏黄的灯光，拿了本旅游宣传册，发现丁格尔除了潜水和骑马，还有高尔夫球场，宠物农场，自行车旅游，水族馆等娱乐项目，这么多有趣的东西，怎么可能玩儿的过来。

餐厅里，不同的谷类、水果罐头、酸奶、果汁、水果等典型的欧式早餐整齐地摆在自助餐桌上。我刚选了几样喜欢的放在盘中，美女服务员就过来点餐。先送上咖啡和烤面包，几分钟后，典型的爱尔兰早餐也摆在面前——黑白布丁，横截面儿有些烤焦的西红柿，烤香肠，煎鸡蛋，培根，煮豆子加番茄酱。

吃罢早餐，由于旅店的特殊原因，我换了家住处，放下行李，到镇中心闲逛。

早晨小镇的节奏缓慢而慵懒，迎面走来的每个游客都笑盈盈地打招呼。虽然在旅途，却总让人有种天涯若比邻的温暖。

镇上的房子五颜六色，色彩搭配也相当考究。店铺橱窗里精致的手工艺品流露着当地人的情趣与品位。一个用深色亚麻布做成的相框，上面绣着蓝色的小房子，近处绣着海水和一只鱼。看到了这只鱼，想去看看水底世界，于是径直向水族馆走去。

　　蓝天，鲜艳的花草，彩色的小房，已经使人心旷神怡，远山方向稀薄的雾气，简单勾画出山的轮廓，若隐若现，更使整个小镇犹如世外桃源。

　　水族馆是一个石头砌成的小房，大片蓝色的窗框，和大海的深蓝相互呼应。门口一个假人拿着黑板，上面写着当天海洋动物喂食表演的观看时间。

　　里面生物五花八门，黑鳍礁鲨、章鱼、海马、黄貂鱼、红腹食人鲳、帽子头鲨、豹纹鲨、旗鱼等应有尽有。首先看到的是章鱼，这些有三个心脏，没有骨头的八爪鱼并没有什么稀奇。接下来是金头鲷，它们和几只大个螃蟹呆在一个鱼缸里。这种生性凶猛的鱼生活在大西洋东侧沿岸，它们生长迅速，肉质鲜嫩，营养丰富，被欧洲人称为"皇家鲷鱼"。

　　亚马逊河和中美洲等地区的鱼类介绍，也是五花八门。有趣的是，里面还扯上了海底总动员。这部电影对热带鱼的销量影响颇大，由于越来越多的人在家里养鱼，大量的鱼被从野外捕获。然而也是正因为这部电影，人们感受了珊瑚礁的美丽和生长在里面的生命的珍贵，意识到它们是多么需要保护。

　　工作人员生动地介绍这些生物的生存方式。它们有的是主动扑捉猎物，有的则是等水流把猎物冲到附近，然后捕捉。孩子们还可以把章鱼拿到手掌上，体会它蠕动的感觉。

　　有个七八岁的爱尔兰男孩一直跟着我，每看到一个动物，他就兴奋地问，"你知道这是什么吗？"接着自己就说出答案。看我一直拍照，他就找到些不起眼的小生物，然后引起我注意。离开水族馆的时候，我在纪念品店买了个小章鱼模型送给他，他激动地把他贴在脸上，傻乎乎地笑着。

刚出了水族馆，天上掉起雨点来，想找个地方避雨，却被一个爱尔兰女人拉住。"能帮我把门打开吗？求你了。"她穿着粉红的衣服，背着红色的包，站在深色的门前，像是一团火。"钥匙在门里卡住了，动不得。"我用力地拧了半天，也不动，最后踢了两脚，再一拧，门才开了。女人千恩万谢，叫我进屋休息。原来里面是她的店铺，很多手工制品都是她自己做的，精巧得很。"你这么手巧。"我告诉她我很喜欢艺术。"那你要不要看看我朋友的店，她是画家，就在不远处。"

　　反正也是下雨，就按照她说的，来到一家店门前。刚一推门，里面就传来一个热情的声音。一个年轻的女孩，身上脏兮兮的，像是个粉刷匠。"买画吗？"我看了一眼周围的画，动辄几百欧元。"不买，只是看看行吗？"我和她说明来意，于是她就热情地把我带进里间的工作室参观。

　　纸板、棉布、油画笔、画刀，摆得很随意，涂料也到处都是，却很美。墙壁上挂着一幅还没完成的作品，旁边放着一张风光照，原来她在临摹。"这是西海岸的斯莱角（Slea Head），冬天我去拍照那会儿，大西洋的风大极了。"看我盯着画中的波涛出神，她介绍，手里并没有停止作画。"真的不错嘛！""那你一定要去喽，从小镇可以开车过去的，如果你不去那个地方一趟，你就真白来丁格尔了。""我喜欢素描，但还真没有画过你这种画。"女孩笑了下，"这是乙烯画，它耐水，抗腐蚀，手法又很灵活。""你为什么站着画？""这样容易集中注意力啊。"她旁边摆着两个酒瓶，是杜松子酒。上面写着小镇的地名"丁格尔"，每个瓶子上还印着一张微型的画，"这可是我的作品啊。"女孩看出我的好奇，忙解释，"酒家用我的作品做店标。""改天我一定试试这种杜松子酒，喝完留着瓶子纪念。"走的时候我也没忘和她开玩笑。

　　雨下起来没完，看样子是去不了女孩说的斯莱角了，我只好放慢脚步，在镇上闲逛。雨像是涂料般洒在小镇上，把小镇的五颜六色搅拌起来，倒像是一幅充满趣味的水彩画。雨滴落在脸上，粘在睫毛上，使小镇看起来愈加朦胧。

　　漫无目的地踱步间，在一个教堂旁发现了一处内藏精美壁画和窗雕的建筑，就走进去。

壁画这种复杂的艺术，在意大利罗马时期使用很广泛，尤其在 13~14 世纪。它要用不同的岩石和矿石做成的粉末填充剂和水混合，然后迅速地在潮湿的灰泥上作画。艺术家只有在灰泥变成石头的几个小时之间可以创作。这种画法要求很精准，因为颜色一旦被吸进灰泥内，要再修改就很困难。

废旧的书柜里装满各种经文，墙上挂着大大小小的抽象画和油画，充足的光线透过宽大的窗子倾斜而入，穿过带有色彩缤纷花纹的玻璃，突显出室内几尊神圣雕像的轮廓。恰到好处的美学与神圣的含义完美地结合时，便产生一种神秘而用人类语言无法形容的力量。

宽敞的大厅冷冷清清，墙壁上有几排精美的窗雕，上面描绘的都是有关基督耶稣和圣母玛利亚的故事。仔细观看，才发现有两种迥然不同的风格。左右两侧的窗雕是爱尔兰艺术家哈里的作品，雕刻笔法更细腻，耶稣和圣母的形象平易近人，因而更接近生活而让人信服；中间的一排则是出自一位德国艺术家之手，笔法粗狂，但有些脱离生活，人物也被塑造得高深莫测，看一眼就让人觉得需要仰视。

我在仔细的品味窗雕故事的寓意时，旁边的一道门开了，一位身穿祭披的老迈神父颤抖着走到一张桌前，扶了扶眼镜，我才发现那里放着一本厚厚的圣经。"欢迎。"看到我，他走过来和我握手，颤抖的手却真诚有力，脸上被岁月雕刻出的每道皱纹都是如此柔和。"需要什么帮助吗，孩子？""神父，我对这些很感兴趣。""知道这些故事吗，孩子？""知道一些。"神父详尽地给我讲起了耶稣从出生一直到怎么被出卖迫害的故事，慈祥的目光又落到我身上，"你是天主教徒吗？""我不是，但我相信这个世界是有造物主的。""上帝是无所不能，无所不在的。"又给我讲了一些圣经箴言后，向我辞行，"我要准备做弥撒了。"在我离开时，神父递给我一张纸写着他的名字，后来才了解到，这位 90 多岁的神父年轻时是个很有才华的爱尔兰诗人，20 世纪 80 年代时还把整本圣经翻译成爱尔兰语版本出版，90 年代退休后，来到这个偏远的小镇成为教区牧师。回想起神父颤颤巍巍的身影，想到也许再也不会和他相见，心底一阵悲伤。

外面依旧是雨。我早早回到旅馆，拧开电视，泡了杯速溶咖啡，开始打量起窗外海边一排五彩缤纷的小房。每个小房的门都和房子的色彩形成了鲜明的对比，而且相邻的房屋色彩也对比鲜明。可爱的爱尔兰人，为什么要把自己房子和门的颜色和邻居的涂得迥然不同呢？难道真的是像玩笑中说的，怕喝多了走错家门吗？几颗雨滴落在窗户上，窗外五颜六色的小房渐渐朦胧，仿佛是醉了。

第三日　车行天涯海角

好大的一张床。早上一睁眼，就觉得很幸福。拉开窗帘，阳光把对面那排五颜六色的小房照得格外精神。想起昨天画店女孩说的斯莱角，于是饭后带上地图出发。

车很快离开了充满彩色的小镇，上了一个高坡。回头看一眼，眼前的景致形成一个凹字型，远处的山峦起伏，被低低的云笼罩。渐渐远离小镇，在崎岖的山路上行驶，时不时才有一两个游客骑车或开车经过。看着眼前的原始地貌，突然觉得丁格尔这个名字听起来就很古老。

6000 年前这个半岛上就有人类居住。第一批居住在半岛上的是游牧和打猎的原始部落，他们依靠巡捕海岸附近的猎物生存。之后的石器时代和铜器时代，当时的居民用竖立起来的石头做成墓穴。

在路边的一处竖着几块古老的石碑，上面刻着古爱尔兰语，这些原始的语言由一些简单的横竖符号组成。这些奇怪的横横竖竖，使我想到隐晦的甲骨文。现在也只有这些历史遗物可以证明那些古老的居民确实在这里生存过。看着眼前这片除了偶尔经过的车辆，几乎没有任何人类文明迹象的山路，我不禁想，6000 年来，丁格尔半岛上的面貌到底有多大的变化呢？

在蜿蜒的路上行驶，无数朵野花飘过，不管窗外的景致怎么变化，波澜壮阔的大西洋一直陪伴，远处起伏的山峦在快速流动的云层的影响下，忽亮忽暗。山脉前绵亘着一片一望无际的田野，即使从高空也是一眼看不到边，成千上万的碎石和草垛，把它们划成一块块方块，像棋盘般整齐，又像翡翠般翠绿，羊群散落在上面一动不动，像是在碧绿的地毯上闪着白光。山路旁的岩壁里偶尔看到一簇簇不知名的野花，黄的，白的，紫的，藏在隐蔽处，低调得很，不仔细看是不会发现的。

车开了一会儿，又到了文特里（Ventry）的小村庄，虽然见到了几个人，但村民的数目和这里的牛羊比，真是九牛一毛。我的注意力被草地上一排蓝色的笼子吸引住了，这些笼子专门用来捕捉龙虾和大海蟹。一个筒型物体伸进笼子，装上食物，把笼子放进海里，龙虾和海蟹爬进去捕食时，就被困在里面。讲捕捉龙虾经历时，渔夫哭笑不得地说，把笼子放在海里之后要留神，很多次一些捕捉满龙虾的笼子由于没人看管，被几个雇船游玩的淘气鬼偷走了。

　　离开文特里继续前行，左边是悬崖，古老的石头和大海，每隔几十米就有一片矮矮的石墙，一直延伸到海边。右边是农场，两边不时闪现出牛羊和农舍，浓浓的雾气仿佛仙境一般。在通信不发达的年代，这里的人怎么生活和联系呢？

　　狭窄的小路上，两只瘦小的牧羊犬在一个农夫的指挥下，把一头牛逼得团团转，一跳一跳地到了一个斜坡前，愣了会儿，居然攒足力气跳了上去。农夫笑眯眯地告诉我，他的牛总是乱跑，又吹起口哨，干别的农活去了。

半路上还有几头牛挡在路中间，汽车则根本没法通过，于是我只好跟在牛的后面，牛仿佛很通情达理，慢悠悠地走到一个比较宽的地方停下，侧着身子，让我的车先从旁边经过。

在通往斯莱角的路上，一直与大洋丘陵相伴，还有无止境的荒野，有的地方还长满了很多枯黄的植物。要不是远处星星点点的农舍，我还真以为到了几万前年的石器时代。

濒临大洋的大片田野上有很多绵羊，它们对海对岸旁悠悠的山峦，蓝天、白云浑然不觉，只专心致志地吃草。看着它们，我也轻飘飘的，真愿意挤进去，变成其中的一只。或许我本就是一只羊，梦到自己变成了人，注定今天遇到这片原野才会醒来吧。

一朵巨大的云团飘来，挡住太阳，一切变得灰蒙蒙。过了会儿，那朵云又慢慢飘走，地面渐渐亮了起来。先是近处的海洋被照亮，之后是草地一寸一寸地亮起来，后来越来越快，每秒钟地上亮起的光线就移动了几十米，很快整个田野都恢复了青翠碧绿的色彩。

海边一大片原野前有一座很漂亮的大别墅，在这个偏僻的角落，显得格外孤单。等离房屋近了，透过窗户可以看到厨房中的厨具与桌椅，东西摆放整齐，丝毫没有人住在里面的迹象。我突然想到当地人和我说过，在人迹罕至的大西洋沿岸，尤其是偏僻的岬角区域，由于当地没有工作，或者主人去度长假，

　　有些别墅是长期空着的，可能只在夏天，这些房间才会租给短期度假的游客。于是租房的人就可以每天在原野间漫步，与花鸟为伴，看大洋的日出日落，听碧海潮生。

　　到下午的时候，终于到了丁格尔半岛的最西角落，——斯莱角。陆地在这里结束，海角的尽头，汹涌澎湃的海水冲洗着它的尖端。大自然的鬼斧神工，在这延绵几公里的海岸，都应有尽有了。

　　远处大片的丘陵高地连绵起伏，上面一颗树也没有，粗犷而冷峻，稳稳地坐落在大西洋中，像是一幅凝重的画，又像一卷宏伟深邃的史诗。海边的峭壁延绵几英里，悬崖边点缀着大片青翠的植物和鲜艳的野花。

　　眼前离陆地较近的地方有一座荒岛，叫做布拉斯基特岛（Blasket Island），那里是爱尔兰的最西部了，也几乎是欧洲的最西部，再往西，是浩瀚无际的大西洋，再看到大陆的地方，就是美国东岸。站在这天涯海角，一阵海风吹过，不禁感到一种遗世的孤立。岛屿人形般狭长的身躯躺在大洋里，因此也被英国人称为"沉睡的巨人"。远处隐约可见两个尖尖的岛屿，一大一小，对照地图，这两个应该就是偏僻的斯凯利格·迈克尔岛。

　　我掏出望远镜，对着对面的海岛仔细观看。海边的山地上除了牛羊，几个好看的农舍，还有一个建筑的废墟，也不知道是什么时候留下的，几乎被保留了原本的样子，年复一年地栖息在峭壁旁。

　　除了海鸥，有一两种外形奇怪的海鸟，一直在耳边尖叫。有一种叫做角嘴

海雀的，翅膀很短，身体笨重，却飞得很快，一想靠近它，就警觉的飞跑了。几只白色的大海鸥，落在山崖边。我小心翼翼地凑过去，却发现它们一点儿不怕人，说明这里很少有人来过，也说明它们几乎没有被人侵袭的经历。在这里，人类只是客人。

一只海鸥发现了食物，刚要过去吃，旁边一只更大个儿的海鸥就飞过去抢，小点儿的海鸥想去抢回来，却被大海鸥咬了几下，一瘸一拐地退回去不敢再抢。天上半英里外的几只海鸥也发现了食物，迅速地冲过来，不停在空中盘旋，却不敢和大海鸥抢食。

沿着斯莱角再往北，依旧是悬崖

和丘陵，却又因为陆地的形状不同，呈现出不同的形态。走到山崖旁，正望着下面的大海，却看到一个男人走上来，手里捧着些好看的石子，身体冻得哆哆嗦嗦。

"你从哪里来？！"我惊讶地问。"下面的海里。"他哆嗦地答道，脸上却带着笑意。

我看了一眼，下面的海水正在涨潮，几乎只有一小块陆地可以落脚。"那太危险了，你就只为了拿这几块石头？""她喜欢这种石子，又和我打赌说我不敢下去。"他还在抖，但灿烂地笑着，"瞧，伙计，我做到了！"这时候传来一个女人的呼唤声，夹杂着笑声，像是悦耳的银铃。男人拿着石子，向他的女人走去。远远地，看到她笑了。于是，黄昏的断崖峭壁边，一对情侣相依而坐，不用海誓山盟，也不用说一句话，谁又能说这不是极致的浪漫呢？

➤ 科克及附近景点
写满历史的美丽都市

科克，是我准备结束夏日长假旅行前去的最后一个地方。这个爱尔兰第二大城市坐落在爱岛的最南部，曾被入选为世界最值得旅游的十大城市。附近的科夫（Cobh）小镇是泰坦尼克号停靠的最后一站，在18世纪末至19世纪初期，几乎所有前往美国的远洋客轮都要在科克抛锚暂留。也许是丰富的人文景观，使我对科克的期待截然不同。

丁格尔旅馆店主听说我要去科克旅游，兴奋地向我推荐起几个必去的地方——布拉尼城堡，科夫和金塞尔（Kinsale）。由于这几处比较分散，我决定先在市中心转转，第二天再跟着旅游团走。

刚离开人迹罕至的爱尔兰西海岸，就来到一个热闹的大城市，有些兴奋，但又觉得失去了些什么。市中心流淌的利河，河边生机盎然的花篮，摩登风格的现代化建筑，双层巴士和旅游车给这座城市注入了活力，几座小房屋建造在很长的大斜坡上，也颇具特色。

市区有17世纪的英国市场，这种古老的室内市场如今在欧洲已算罕见，给这个现代化城市增添了一份闲逸。鱼肉店铺以肉质的新鲜而闻名，市内高级酒店和餐馆都从这里的店铺进货。市场紧密排列的摊位里出售着本地的特产，除了从附近港口刚打捞上来的海鲜外，奶酪、苏打面包、香肠、火腿酸辣酱等美食也应有尽有。

在市场楼上的咖啡店里，点了份鲜嫩点心和色彩鲜艳的沙拉，在叫上羊角面包和卡布奇诺。在咖啡厅一个安静角落落座，把面包放在古朴的木质餐桌上，边喝咖啡，边打量楼下市场热闹的人潮，仿佛已经回到了17世纪的市井乡村。

偏偏咖啡厅里耳边又飘起怀旧的乐曲，喝着卡布奇诺出神的时候，时间就从咖啡杯里悄悄地蒸发了。

在繁华的街上逛到傍晚，由于为了方便，没有住 B&B，而是破例找了一家青年旅馆住下。青年旅馆由于大家挤在一起，室内设备也比较简陋，一般都比较廉价，因此成为欧洲年轻背包客的首选。由于来自天南地北的人住在一起，谈论着世界各地的事情，所以在我的印象中，青年旅馆里总是焕发着一种顽强的旅行精神。这间屋子里只有三个人，我和两个外国游客。闲聊了会儿，他们已经鼾声大作。

我还未睡稳，又隐约听到窗外喧闹声。几个酒鬼喝醉了，在街上唱起乡间小调儿，吹着口哨，时而夹杂着汽车的发动声，吵闹声中，我裹紧被子，又迷迷糊糊地睡了。

次日醒来，在旅馆附近一家快餐店点了一大份卡巴烤羊肉（Kebab）。这种把肉削下来用火烤成的羊肉，肉质极嫩，配上特制的调料和薯条，价格也实惠得不得了，店主又按我的要求特配了一种辣椒酱，风卷残云地吃完，顿时精神抖擞。

去市中心报了一个当天的旅行团，崭新的旅游车车身是绿油油的，上面写着"Paddy Wagon Tours"，Paddy 是典型的爱尔兰男子名，旁边还画着滑稽的卡通头像。

幽默的司机兼职导游，车一启动就介绍科克的城市布局和历史，不断的笑声中，我们已经穿过车水马龙的市中心和满是活力的利河。车行驶在城市边缘，经过林立的教堂，散发着闲逸气息的小巷与店铺，不紧不慢的行人，气息复古的学校，让人感觉它一点也没有大城市的压抑。导游自豪地告诉我们，2011年科克被评为世界上最值得去的十大城市之一，很大程度上归功于科克大学这所美丽的校园。

车停在一个美丽的海滨，在这里我们可以眺望远处的金塞尔小镇。天气有些阴沉，带着咸味的海风却使人精神振奋。传说 18 世纪一个苏格兰水手由这里出海，因为船遇难漂流到了小岛上，后来这个故事被英国小说家迪福写成了《鲁滨逊漂流记》。

附近的海湾旁可以看到建于 1601 年的查尔斯堡垒（Charles Fort）。堡垒的建立是为了抵御加农炮的轰击，在英军撤离爱尔兰之前，这里都是大型军营和要塞。如今，残缺破旧的军营已经变成了废墟，支离破碎的墙体引起人们对战乱岁月的遐想。与这种沉重的景致相比，附近的海湾风光却异常迷人，连绵的山丘上长满了鲜绿的小草，海面停泊的船只和不时掠过的海鸥生机盎然。

金赛尔小镇在历史上是重要的要塞和军事基地。就是在这里，爱尔兰军队曾经联合西班牙战舰，一起对抗英国军队，但终以失败告终。昔日的战场摇身一变，如今成了爱尔兰著名的美食之都，各种风格的美食餐厅在此百花齐放，使科克在历史的厚重中又增添了一份休闲与情调。

由于小镇建设得很集中，游玩起来十分方便。镇上没有多少人和车辆，房屋风格也很陈旧。很多餐馆在原本不大的门面上又布满了花篮与盆栽，光是花费在装饰上的心思，就使人觉得应该去品尝一下店里的美食。

站在任何一个角落随便一撇，就能看出十多种截然不同的颜色。一些地方的装饰还采用了爱尔兰少见的红色，不同于中国红色所体现的富贵感，这儿的红色与附近的色彩相搭配，总给人种飘逸放松的感觉。有一处小屋，红色的窗框和门框，白色的墙壁，墙壁上长满了绿色的爬墙虎，爬墙虎里却冒出一大束粉色和紫色的花朵，浪漫而别致。有家餐馆用弯弯曲曲的字体把营业时间和菜单简介写在黑板上挂于门外，也童趣盎然。我在一家小店铺门前停步，橱窗里的油画和古董色彩丰富而不失厚重，怎么看怎么喜爱，觉得每一件都让人展开对历史的遐想。直到时间将至，才刚想起还要回到旅游车上。

在车开往科夫小镇的路上，吃着小吃，时而听着音乐，时而听着导游讲解，观赏窗外美景。抵达小镇的时候，天渐渐放晴，阳光增强了建筑的鲜艳色彩。小镇的房屋整齐罗列，一座高大壮观的教堂静静地屹立在对面街区，哥特式的塔尖，散发着陈旧的气息。

下车后，我的心情却渐渐变得沉重，回想科夫沧桑的历史，满满写着的都是悲伤。耳畔不禁回荡起那首催人泪下的爱尔兰民歌 Craigie Hill——"那是在春天的时节，小鸟儿们在歌唱，沿着远处阴凉的凉亭，我不经意间竟迷失了方向，画眉鸟柔和地唱着歌，还有那娇媚的紫罗兰竞相开放，看着多情的恋人们低语，我停下了脚步。她说，亲爱的，请不要在任何季节离开我，虽然命运将我们捉弄，我还要与你在一起，我会放弃亲友，放弃爱尔兰民族的祝愿，对神发誓，我永远都不会说再见。他说，亲爱的，请不要悲伤，否则会困扰我的耐心，你要知道即使离开，我只会更强烈地爱你，我要去一个遥远的国度，去寻觅一片土地，来抚平灾难给我们带来的所有创伤……"

这是一段怎样悲痛，催人泪下的历史。19世纪中叶，爱尔兰发生大饥荒，

外加英国统治者的压迫，无数的灾民活活饿死，唯一活下去的一线希望就是远走他乡，永远地离开自己的故土。于是，这个只有几百万人口的国家，饿死了一百万人后，又有四分之一的人带上最简单的物资，用仅存不多的积蓄买了去美国的单程船票，准备好永别自己的故乡和亲人，远赴大西洋彼岸的美国求生。在移民们乘船前往美国的那天，留在爱尔兰的亲人赶到科夫码头，见他们最后一面。每个人都知道此次见面之后，就是永别。在巨轮启动的时刻，人们再也抑制不住自己的情绪，含着泪，发疯般地向亲人挥手，大声喊道，再见！永别！于是爱尔兰这个只有几百万人口的小国，如今却有上千万后裔分散在世界各地。

码头旁有几尊铜像面朝大西洋的方向站立，雕塑的是美国新移民法生效后第一个入境的爱尔兰人安尼莫尔和她的两个弟弟，其中一个弟弟的手指向彼岸的方向。1892年，他们就是在这里出海，背井离乡，踏上了艰辛的求生路，和决大多数移民者一样，他们再也没有回来。

小镇里有一个由旧火车站改建的小博物馆，逃难者没有带走的行李箱上贴满标签，里面简陋的行李展现出移民者物资的匮乏。过去的车站大厅如今改成了咖啡厅，而一个世纪前，无数的贫民拥挤着，拿着他们的行李，就是从这里上船，永远地离开了自己的国家。

科夫小镇悲伤的记忆不止于此，另一个真实的故事则是"不可沉没"的泰

坦尼克号，当年它在欧洲最后一个停靠站就是这个海港，而离开这里后，它永远地沉入了大西洋。

镇上有一个泰坦尼克号展馆，一个世纪前，人们就是通过这里，登上的短驳船，踏上的泰坦尼克号。售票处旁的小店里可以买到泰坦尼克号模型和各类纪念品，门口还堆放着陈旧的行李箱。船的三等舱模型里只摆放着最简陋的长凳、木桌等最基本的生活设施，而相比之下，一等舱则豪华得多，室内有舒适的沙发、咖啡机，当时先进的电话系统，高雅的蜡烛，甚至豪华的游泳池。展馆里每件陈旧的照片和物品，都使人联想到一个世纪前这个号称"不可能沉没"的泰坦尼克号令人激动的处女航。

这两个悲怆的历史记忆，一个是一百万人的背井离乡，一个是泰坦尼克号沉没前的最后一次停靠，两者都是有去无回，都是催人泪下的心痛和永别，历史这样的巧合，给这个科夫小镇带来了浓浓的忧伤。

怀着对历史的沉思，随着游客们再次坐上了旅游车时，导游不知道刚才去哪里玩儿了一圈，显得格外兴奋，一边兴高采烈地介绍下一个目的地——布拉尼（Blarney）城堡，一边在车上播放起爱尔兰乡村小曲。

悠扬的风笛声在车里回荡，看着窗外飘逸的乡间景色，整个身体飘飘欲醉，仿佛没了重量。一首叫做"夏日里最后的玫瑰"的民歌深深地吸引着我——"夏日里最后的玫瑰，独自幽然开放；她那些可爱的姐妹，早已不在枝头上；也没有一朵蓓蕾，终日陪伴在她身旁，去映照她的红晕，一同叹息忧伤。我不忍再让你憔悴，让你独自悲伤；宁愿你跟随你的姐妹，永远沉睡梦乡；我要摘下你的花瓣，轻撒在花坛上，在那里躺着你的姐妹，都已不再吐芬芳。我也会跟随你前往，当那友情衰亡，宝石从光环上掉落，爱情黯淡无光。当那真诚的心儿枯萎，心爱的人儿都去远方，谁愿意孤独地生活，忍受人世上的凄凉？"

悠扬凄美的天籁之音随着旅行车，在一路上流淌。这种平时不大会去听的怀旧歌曲，在车穿梭于青山绿水间时，品味起来却别有一番不同。大概很多美好的事物就在身边，只是忙碌之中无缘欣赏，即使听到看到，也无法感受其中的奥妙，只有放慢节奏，忘记了自我而融入大自然时，才能完全体会出其中的意境与滋味。

"You talk a lot of Blarney。"导游扩音器里的介绍打断了我飞驰的思维。"待会儿我们去参观的布拉尼城堡里有一块石头，每年都有无数的游客来到那里，他们不是去参观，而是费了很大气力，去亲那块石头。那块石头被称为'巧言石'，只要亲过它，就能拥有神奇的演说能力。后来这块石头的名气太大，以至于在英语字典里，布拉尼成了阿谀奉承的代名词。"随后，车上响起了一首民歌，歌词里不停地重复着"亲吻布拉尼石头"。

很多旅游景点，都有着这样或那样的传说，吸引着游客的好奇心，比如摸一摸某个历史古迹，就会有好运，从某个地方穿过，就会怎样怎样，但号召那么多人千里迢迢跑去亲一块石头的，抛开卫生问题不说，确实让人觉得新奇。

这座城堡建立于13世纪。传说，某个国王救了一个溺水的女巫，她为了答谢国王，在这块石头上实施了魔法，使国王能说服每个部下为他鞠躬尽瘁。不同版本的传说还有很多，都是证明亲吻"神石"就可以帮人提高口才。而相传对这块"神石"的崇拜和这种神奇的"仪式"，居然早在18世纪就已经开始了。

待沿着路上的指示牌走到城堡脚下才发现，它已经是残岩断壁了。城堡的通道狭小而昏暗，只能容一个人通过。内部虽然陈旧，但还大体看得出当年的建筑，大厅、卧室、厨房，一切基础设施应有尽有。举步维艰地沿着通道向上走，不禁寻思，当年居住在这里的人上下楼是多么不便。

直到随大家到了最上层，终于松了口气。布拉尼最出名的"巧言石"，已经就在不远处，却要排着队去亲。爱尔兰的旅游胜地很多都位于偏僻的小镇，并没有这么多游人聚集，可此时的城堡上却人山人海，只为等一吻，也不知道是我们的荣耀，还是"神石"的幸运。

在和队伍里游客调侃之中，终于轮到了我，和前面游客一样，亲石头时保持着同一个方法：工作人员牢牢按住我的双腿，我背对石头躺下，双手反扶着把手，上半身用力后弯，嘴唇从石头和城堡中的空隙间和石头碰了一下。严格地说，我的嘴唇并没有真正碰到石头，鼻子倒是结结实实地碰在了上面，但也总算亲过。亲吻"神石"后，才知道这一吻并不像看着那样轻松，旁边有个腿脚不好的老人，费了好半天劲儿，才算勉强完成，被儿女搀扶起来后还得意地用手指做出"V"的手势。

　　亲过了"巧言石"，我过去和旁边刚亲完石头的游客打招呼。"嗨，有什么需要帮忙吗？"游客问，也是一脸的兴奋。"有，帮我检验下口才吧。""哈哈哈……"

　　站在城堡上居高临下，曲线起伏的绿地尽收眼底，大片大片的林木像是被碰翻了的水彩，把不同的绿意一层层地洒向远处的天际处。"很美，不是吗？"旁边的人说。"是啊！"我答道，心里又默默地想，"巧言石，你这样的巧言，快教我做一首诗，赞美一下眼前的美景吧。"

　　带着亲吻巧言石的成就感，我们回到旅游大巴。在返回科克市中心的路上，车上悠扬的民歌依旧继续沿乡间流淌。

　　有开始，自然就有结束，人生如此，旅途也如此。这次夏季长假即将结束的时候，我回想整个旅途，竟有种莫名的触动，具体是什么，用语言说不清楚，文字写不出来，留下近千张照片和夜晚旅店里写的几篇随笔，待以后慢慢回味吧。

➲ 深秋，孤独的大西洋

　　上次漫长的爱尔兰西南旅途结束后，偶尔在闲暇时翻看途中收获的风光照片，悠然自得。几个月后，已经是深秋时节，大自然中的一切景致都绽放出最绚丽的色彩。我又迎来两周假期，突然萌生了一个想法——一个人去爱尔兰西北漫游，完成我在爱尔兰西南至西北的大西洋之旅。这样，我即将走遍爱尔兰的整个大西洋沿岸——世界最长的大西洋沿岸。

➤ 康尼马拉，克利夫登
荒凉中的诗情画意

上次旅行意犹未尽，时常想起几个月前那个下午在康尼马拉看到的美景，于是决定从那里作为新旅途的第一站。早上七点开车从都柏林出发，开车几小时，由东至西横穿爱尔兰，沿途200多公里经过高威和Salthill海岸，一路下去。在Salthill附近，人烟已经十分稀少，左面是熟悉的大西洋。

仅仅时隔几个月，繁盛的野花早已不见，到处都是夏天已逝的景象。一路沿着大西洋行驶，一些大别墅星星点点地点缀在海边的绿地旁，美丽而孤单。有些靠海的房子带有很大的花园，花园里摆着木质座椅，夏季的奇花异草已经枯萎。

果树下的草地上也落满了成熟的苹果。有的人家，大人带着几个孩子，把桌椅和炭炉搬到自家的后花园，面对不远处宁静的大西洋，筹划着家庭的烧烤派对。

大西洋边深秋的太阳很低，光线柔和而迷人，照在海边一些白色的建筑上，与海水和天空的深蓝形成了鲜明的对比。

从高威市到康尼马拉景区的路上，既不离城市太遥远，又不乏动人的自然风光。路过巴尔那（Barna）附近时，路边有个康尼马拉海岸酒店，朴实的度假村风格，背面的海景房，都使人神往。酒店的停车场里几乎停满车辆，侍者们搬着大瓶香槟和复古而华丽的桌椅进进出出，门口寒暄的男人们西装革履，女人们也穿着晚礼服之类的盛装，想必将是一场难忘的海边婚礼吧。

车沿海往斯皮德尔的方向开了一会儿，前面出现了一个卖手工艺术品的小村庄。整个村庄只有十几个店铺，每家都装饰得像几个世纪前童话里的小屋，

小屋内，玲珑满目的瓷器，精致的手工纺织品和玻璃制品美得让人应接不暇。

走进一间手工纺织品店，上了些年纪但气质优雅的女店主微笑着招呼我，仿佛看出我从远道而来。她纺织的手工制品，高雅又有个性，五彩缤纷的毛线，各种色彩交杂在一起，让人的想象力展开翅膀。女主人告诉我，她已经在这里纺织了三十年，难怪她的身上和这间色彩鲜艳的小屋一样，都包含了艺术的气息。我正观赏她的作品时，进来了一位老者，和店主闲谈几句，好像是通知店主去参加村里一位百岁老人的生日派对，又在店里买了些礼品。我想，也许这里优雅的环境，清新的空气，正是老者的长寿秘诀吧。

看看时间大约两点半，离爱尔兰这个时节日落时间还有两个多小时，我决定天黑前到 45 英里以外的克利夫登小渔村落脚。

依然沿海前行，一团乌云挡住了大部分阳光，只有些许阳光漏了出来，使一条条光柱神奇般地落在大西洋的海面上，仿佛一条神秘的天梯。两头毛驴从一个石墙里探出头，盯着车看，仿佛它们认为有谁来陪伴，使它们不再饱尝深秋的荒凉。太阳已经很低，海边几公里外高耸的荒山上却阳光普照。

深秋的一个月里，沿海城市和村庄都摆脱了喧闹的人群和碍眼的商业标志，得以展现大自然的本色。车缓缓驶于宁静的山间小路，令人惬意而满足。经过一个叫 Furnace 的湖泊，前面一个右转，我远离了海岸。如果"荒凉"只能用来形容一种景致，就一定是这里。但谁说荒凉不是一种美呢？深红与深黄色相间的荒山，野草，到处写满西爱尔兰晚秋忧郁的色彩。

路弯弯曲曲，开了一阵又经过了一条湖。湖水的两边满是深黄的野草，附近矮墙旁有一束玫瑰低着头，仿佛进入了梦境，旁边缀着猩红的果子已经快要枯萎。大片蓝色的湖面和天空，像是从天上泼下的水彩，造物主一定是个大手笔的画家。远处的山脉，经历了岁月的沧桑，千万年来没有变化。胡思乱想中，经过了无边无际的荒芜，我终于在天黑前到了小渔村克利夫登。

这个季节，在西部偏僻的乡村，很多 B&B 大门都紧闭着。侥幸敲开了几家房门，里面的人却都告诉我现在房间不出租。最后用 GPS 搜了几次，才找到一间可以入住的 B&B。

店门半开着，门上有一张卡片，上面留着一串电话，旁边写着"店主外出，客人请打电话联系"。走进门，旁边就是餐桌，桌上摆着早餐的刀具和碗碟，四周墙上挂满了油画和水彩画，喊了几声，周围都没有人应答。这里真是夜不闭户。

给店主打了电话，他让我先到房间休息。房门也没锁，钥匙就挂在门上。房间里摆满了纸张已经发黄的旧书，电视旁边，床头柜上，窗台上，甚至洗手间放沐浴露的柜子上也摆着一两本，让人忍不住猜想主人的身份。打开电视，又挑了一本小说，躺在床上看了几眼。

半小时后，店主回来了，给我送来了夹心饼干、乳酪、葡萄干和一壶茶，简单地给我介绍了附近的情况。我问他早饭可不可以安排到八点半，他很不解地问："干嘛要那么早？"我才意识到这里生活节奏的缓慢，索性睡个懒觉吧。晚上躺着翻着小说，昏昏入睡了。

柔和的深夜，我突然从睡梦中醒来，月光从屋顶的大玻璃窗照射进来，映在床对面的书架上。我痴痴地凝视着上面发黄的旧书，心中不觉有些空荡荡的。

➤ 朗德斯通
宁静的童话色彩

由于早餐被店主安排在九点多，睡到自然醒。吃饭时，边和店主闲聊，边打量布满餐厅的画作。店主是一个艺人，如果不是留着大胡子，看起来一定不会那么老。餐厅墙上精美的油画和水彩画正是他的作品。他在窗口的一个画架旁坐下，画架的长影映在复合地板上，杂乱地交织成不规则的抽象美。"瞧，我还得画完这幅画。""真是羡慕你这个行当啊。"我对他的一幅作品赞不绝口，在光线的表达上像极了莫奈的油画。我想，如果我坚持学画，一定不会输给他。

聊到了油画，让我想起了梵高。这位天才的后印象派画家，生前的作品不被人认可，死后却大红大火，轰动世界。很多思维超前的画作往往使人觉得离经叛道，等大众的欣赏力提升了，才会慢慢发现作品的价值。不怪尼采说："我早生了 100 年，如果晚生 100 年，你们会拿我当圣人"。不过虽然如此，店主还是沉浸在他的象牙塔里，在春夏旅游繁忙的季节经营旅馆，秋冬住客稀少的时候就用大量的时间作画，所以有时会在门上挂着给客人的留言，自己却到附近的山野里寻找灵感。在这个西部乡村的幽静一隅，居然也有这样的人，我愈发羡慕起这种生活。

出门时，一大片马尾云把太阳藏了起来。近几天都是阴天，在深秋的大西洋海岸，也许晴空与瓢泼大雨仅仅相隔几秒钟，我裹紧衣服，暗自祈祷不要在旅途中下雨。

驾车孤独的在 Sky Road 上沿山路行驶，崎岖荒芜的山路，像是在通往天堂。山下是大洋和几个星点的小岛，淡淡的雾气中，依稀可见山下的十几户人家。途中金黄的麦浪在风中飞舞，仿佛在向远处的荒山招手。这里确实风景如画，在阴沉的天气中，孤身一人的旅途，更添了几份孤寂。

过了不久，经过莱特弗兰克的时候，我看到了康尼马拉国家公园的路标。公园外碎石路上金黄的落叶，延伸到远处的树林。踏着秋色，走向山路。不见了夏季的游人如织，却变换为另一种感觉。

沿公路行驶不久，停在半路一个叫做德瑞克莱尔（Derryclare）的湖旁漫步。附近群山延绵不绝，形如刀削，仔细观察，每走几步，山峰的轮廓就有所变化。湖水犹如一只清澈的大眼睛，凝视着深邃的天空。湖边野草旁两三簇几乎枯萎的花朵，在秋风中摇曳。岸边的长草里停着一只古老的独木舟。它由两块木头，中间挖空，钉在一起做成，可能由于经年累月的使用，里面已经注满了水，也许下次使用就会沉入湖底。不

知道这独木舟是由谁做的，也不知道它在湖边停了多少岁月，却给这里增添了一丝神秘。附近真是拍摄风光的好地方，可惜天上阴云密布，几滴细雨又掉了下来。

几只身上被涂得像卡通一样的黑脸羊，在山路上慢悠悠地散步，看我走过去，突然警觉起来，挺着肥大的肚子，一跳一跳地跑开。

不远处传来一阵持续刺耳的声音，一个农夫正开着电动车在极其崎岖的山坡中行驶，车座里还有两只牧羊犬。在偏僻的山区开了半天车才遇到一个人，总觉得十分亲切。这个年轻的农夫收入并不高，每天早上六点就要准备起床，天天与草地和羊打交道，然而对自然的热爱却使他乐此不疲。

农场的每只羊身上都有一个编号，相当于羊的"户口"，这种严谨的管理方式，使羊肉的质量得到了最大程度的保障。在爱尔兰频繁的雨水滋润下，草总是长得很快，羊群就以大自然为家，在蓝天白云之下，山湖之间，惬意地吃草。这种纯自然放养的方式，大大提升了羊肉的口感。

"这个时节山里的绵羊正在交配，你可以去拍些有趣的照片。"农夫告诉我，"你看，那里有两只公羊，正在同时追一只母羊"。这时我才发现，有母羊在前面走，两只公羊在后面紧紧追赶。远处山峦还有很多绵羊，几只几只地聚在一起。

为了防止羊吃到山地里脏的东西生病，农夫正准备给羊群喂预防疾病的药物，临别时递给我一个罐子，让我品尝他亲自酿造的果酱。"这些果酱是用附近的野果做的，有的是用水煮了一下。"农夫告诉我，有时候他把这些东西储存起来，卖给镇上喜欢这种口味的人。果酱的味道浓郁而略带酸涩，是一种大自然原有的野性的味道，却让人十分上瘾。

我决定今晚到十几英里之外的小镇朗德斯通（Round Stone）过夜。路上除了偶尔一个伐木者用车把木料载走，和一群野鸭从洼地旁飞向林木间觅食之外，没有一线生机。直到经过一个古朴的度假酒店，才渐渐有了人烟，此处面对山湖美景，仿佛置于迷人的仙境。如果在这里住上几宿，一定会找到隐居的感觉。

又沿着小路行驶了会儿，远远地看到前方的码头停着十几只船，延展到远处小坡上五颜六色的小房，那里是朗德斯通城镇中心。如果之前所到之处是荒凉，这个小渔村只能用幽静或与世无争来形容。

由于村庄很小，很容易就找到了一家 B&B。房间旁边有一个小屋，里面的茶叶和咖啡可以随时享用。安顿好行李，热情的女主人向我介绍起村子的历史。这个小村庄最初是由一个苏格兰人建立的，全村只有 200 人，村民们都互相认识。女主人在旅馆客房旁边的房间开了一家杂货店，去买东西的人都会和她聊会儿村里的新鲜事，空气里散发着小地方的和谐气息。

旅店内的装饰品古朴而充满色彩和情感。窗台旁花瓶里稀奇的植物，似乎具有某种美妙的含义。我对店内的装饰赞不绝口："你简直就是艺术家！"。这句话美得她笑了半天，然后又得意地给我讲一些村子里的故事。在这种小镇里，生活简单而惬意，没有丝毫浮躁与浮华。

太阳快下山时，我终于没有忍住窗外美丽小渔村的召唤，走出旅馆散步。码头旁，宁静的海面上映射着路灯的倒影。镇上的人大概都正在家里吃晚餐，岸边除了我没有一个人影，几只色彩鲜艳的渔船，被遗弃在码头岸上。

巴士站的时间表上，最早一班车居然是 9 点 59 分，巴士牌仿佛歪着头告诉我，不能怪村民，这个渔村的性格就是这样不紧不慢，不到早上 10 点，是不会醒来的。

在村庄的一个偏僻的角落，有间店铺里居然还亮着灯，墙上爬满了枝藤，门牌子上写着：陶瓷手工品。迈步进门，室内泛着昏黄的灯光，看上去更像一个破旧的卧室。精美的陶瓷杯子和碟子被做成了绿色和蓝色，呼应着翡翠岛的绿和大海的蓝。

我买了件小工艺品，就和屋里的店主夫妇他们交谈起来。显然他们对我这个在寒冷季节赶来的远方来客十分意外和好奇。他们的热情，就像屋内火炉里的火一样。

"现在小镇上基本看不到游客，只剩下当地村民。你怎么会来这里？"。女主人一边说，一边忙着手里的活儿。做这些瓷器，如果有模子的话就不需要太久，然而准备工作却往往耗费很多时间。漫长的冬季，夫妻俩就躲在屋子里边烤火边慢悠悠地做瓷器，开春再把它们卖给来观光的游客。

"这种瓷碗在中国很流行吧？"我就聊起了中国古代瓷器手工工艺的历史，说到了自己略知一二的官窑和民窑。他们静静的听着，眼中充满了好奇，仿佛从这个欧洲偏远的小渔村穿越到了几千年前的东方古国。小屋子里，炉子里的火在嘶嘶作响。

天色渐晚，我热情地起身告别。太阳下山时，天空像烧过的碳，我伴着码头边的路灯，听着海声，散步回旅馆。

➤ 羊皮鼓制作者
守候孤寂的艺人

早饭后，女店主推荐我回到昨天黄昏经过的那个角落里，去参观一个制作羊皮鼓的小店——马拉奇鼓店。走到门口才发现居然快十点了仍旧店门紧闭，于是我准备先在附近转转。

海岸上一只船巨大无比，远处隐约可见隔岸的农舍和高山。天气渐渐好转，云层中时而透出几丝阳光。有一片辽阔的草地，旁边躺着一艘蓝色的船，几只小毛驴在附近吃草。我的脑海里已经形成了一个表达自然与动物间和谐的画面，于是走过去拍照。那几只毛驴看我走近，以为我要给它们喂料，一起向我小心翼翼地凑过来。当我凑近拍照时，它们却又害羞地低下头，退了回去。

"嗨，我叫培迪。"不知道什么时候身后已经出现了一个老者，和我打招呼。我告诉培迪自己正在沿西爱尔兰大西洋海岸旅行，又讲了些沿途经历。"你一定很有钱吧。"他半开玩笑着说。"我可没有钱，即便有，也全花了。"我在荒原中行走的时候，衣服袖口和裤脚已经磨破，头发被风吹得有些凌乱。这样一个衣衫草草的流浪者，在寒冷的季节走在异国他乡荒凉的西部，想必会引起他的好奇。"你喜欢我的这些毛驴吗？这些牲口还以为你要给它们喂东西呢。哈哈……"他又指着不远处的一个小房说，"这个房子的主人居然是法国人，看来外国人也挺喜欢乡村生活嘛"。

天上掉了几滴雨，在培迪的建议下，我们去了附近一家老年酒吧避雨。我点了一大杯饮料，一份三文鱼和薯条，他只点了一品脱吉尼斯黑啤。吧台里几个上了年纪的人目不转睛地盯着电视里的足球直播，边喝酒边高谈阔论。芥末刺激的辣味使我胃口大开，品尝着鲜美香酥的鱼肉。

培迪是一个热情好客的老头儿，见到生人也很兴奋，聊起来没完，但他又是一个孤独的人。生活在这片鲜有人烟的农场，每天过着几乎一成不变的生活。早上，他在太阳升起时就爬起来喂牲口，然后在乡间散步，她的太太去镇里的小店买菜购物，午饭后睡个午觉，下午培迪就在自家院子里浇浇花，修剪下难看的枝叶，欣赏着亲手培植的一草一木，她妻子在客厅里做纺织活儿，黄昏的时候，这对老夫妻就一起去乡间散步，晚饭时在客厅里看电视。我倒是羡慕起这对老夫妻，这样一成不变的孤独，也许是一种恩赐，在这样的一种简单的惬意中，思想才能解脱出来，快乐地弥漫在乡间的一草一木中。

培迪听说我喜欢摄影，建议我一定要去斯莱戈郡的吉尔湖。"那是天堂

一样美的地方，每年不同时段，那里的景色都有很大的变化"。虽然半信半疑，我还是记下了这个地名。

回到小渔村的角落，马拉奇鼓店终于开门了。店主却出远门了，店里只有一名店员。环绕四周，墙上，架子上，天棚上挂满了羊皮鼓。鼓面大多40厘米左右，单面圆形，上面画着有趣的图案，摸上去手感要比牛皮鼓软一些。最吸引我的是墙上一些纸上写着羊皮鼓的制作方法和历史。店员看出我有些疑惑，就和我讲起了店主的身世。

马拉奇是爱尔兰唯一一个全职制作羊皮鼓的人。他原本是都柏林人，对大海的热爱最终使他选择在爱尔兰西部定居。辞去荷兰公司高薪的工作，他就在这个小渔村做起了羊皮鼓的生意。后来，他的妻子因为忍受不了长期的压力和他离婚了。在这个人烟稀少的西部，马拉奇感到格外的孤独和迷茫，但依旧追求着他的艺术。一次偶然，他认识了现在的妻子，不久后他们就结婚了。店员耸耸肩，说："马拉奇属于'半路出家'，做这个行当已经30多年了，他总说他一定要幸福地工作到100岁。"

店里只有我们两个人，我安静的听着马拉奇的故事，不时陷入深思。艺术家的心，往往是孤独的，也许正是由于这种牺牲和追求，或许正是由于可以坚守这份凄凉孤寂，才能使他们的内心得以平静，激发出创作灵感，达到常人无法逾越的境界。也正是因为这份孤独，使他们比常人更需要一份温暖。马拉奇应该感谢他现在的妻子，使他有足够的坚强去坚守这份孤独。因为如果拿走了孤独，就等于夺走了马拉奇的羊皮鼓。

谈到孤独，谈到艺术家，我突然想起老培迪对我说的吉尔湖所在的斯莱戈郡，是一位诗人的故乡。也许在这种诗意浓郁的深秋，正适合去那里，去追寻那位诗人的足迹——他就是叶芝。

黄昏前动身，路上并没有太多的自然风光，车里的轻音乐陪我度过了漫长的旅途，在斯莱戈镇中心不远处落脚时已是夜晚。偏远的旅店冷冷清清，我在休息室里挑了几本旅行指南翻了翻，在窗外呼啸的秋风阵雨声中呼呼入睡。

➤ 斯莱戈湖水与叶芝的诗
叶芝，我来晚了 100 年

经过昨夜阵雨，空气里充满了泥土的清新。到了市中心，才发现斯莱戈并不像想象中那么小，城市里散发着淡淡的复古气息。

蓝色围栏旁内一个不太起眼的建筑上，一个醒目的英文名字"叶芝"瞬间映入眼帘。这正是叶芝纪念馆。纪念馆是 1973 年爱尔兰联合银行捐赠给叶芝协会的，现在致力于推广这位伟大诗人的作品。这位伟大诗人的感情是辛酸的，矛盾的，他多次向心上人冈昂小姐求婚，却一直遭到拒绝，一直到叶芝 50 多岁时她嫁给别人，他才心灰意冷。叶芝对创作和其他事情的追求和他对感情一样，也是执着的。他相信经得起岁月沉淀的才是精华，这种精神也许正是他的伟大诗篇的来源。

纪念馆外不远处，叶芝的雕像就屹立在那里。高大而消瘦的身躯，细长的双腿，宽大的衣服在风中飘起，人物却表情宁静，仿佛又陷入沉思。仔细端详，除了脸部，微微举起的右手和鞋子之外，整个肖像的身子都密密麻麻的刻满了从叶芝作品中摘取下来的诗句。旁边有个好事儿的老头正巧经过，指着雕像脚下的注解对我说："别忘了把它也拍下来吧。"说完得意地扬长而去，走时脸上堆满了自豪。

在街角有家不起眼的小屋，上面写着"M.Quirke"，我想打听去吉尔湖的路，于是踱步进了木屋。不大的房间里，几个粗大的木桩立在地上，旁边散布着木屑和杂物，墙上贴满了陈旧的照片和装饰品。木匠是一位头发花白的老先生，看到我，显得有些意外，很快和我愉快地介绍起自己来，手上却不忘记敲敲打打。

这家店的前身是老人父亲开的肉铺。老先生年轻的时候继承父业，成了一个肉贩。20 世纪 60 年代，他突然产生灵感，开始用卖肉的工具做起了木雕，

却意外地雕出了一件件令人称道的工艺品。就这样，他一面卖肉，一面雕刻，又过了20年，他索性把肉摊收起来，一门心思干起了雕刻。"喏！"他指着墙上的一幅画像说，"这是我女儿小时候给我画的像，那时候我还经营肉店哩"。

老先生十分健谈，又讲起了他的创作理念和木雕的主要题材，他雕刻的题材有人物、动物、植物，几乎包罗万象，其中很多都是与爱尔兰古神话有关的人物。看我听得专注，他说要免费帮我雕一件动物送给我，让我选择，我说，"那就雕一只熊猫吧"。他大笑，诙谐地说："这可是个有点儿难度的动物，孩子。因为它和熊太像了，画画的话倒容易点儿。哈哈！"没几秒钟，老先生已经三下两下地做出了熊猫的雏形，旁边还雕了几片竹子。他诙谐地说："瞧，抱着竹子，就知道它不是熊啦！"

临走时，老人让我写下中文名字，然后照样子在木头背面雕刻下来送给我，虽然有些歪歪扭扭，却写得一般不二。"中国文字，是我雕过的最难的字体了。""那我一定要好好收藏喽。"告别了老人，脑子里还回忆着他雕刻时巍巍颤颤的样子和青筋暴露的手。这是一双怎样灵巧的手啊，一想到再有才华的人终究会慢慢老去，心底有种莫名的悲伤。就像叶芝，这样一个才华横溢的人，面对时间的无情流逝，不也只能发出感叹："天真与美丽唯一的敌人，是时光。"

去吉尔湖畔的路上，景致处处流淌着诗情画意。湖泊，矮丘与海岸在这片充满灵气和神话传说的大地上完美地交织，古老的盖尔民间故事似乎在山谷里回荡。一个叫 Rosses Point 的海边绿地上，有尊雕像引人注目——一个妇女面向海边的方向张开双臂，讲述着村民焦急地等待他们出海爱人归来的故事。附近草坪上还立着一个牌子，"看在叶芝的份儿上，把你的垃圾带回家吧"，幽默的语气中也流露出当地人对叶芝的仰慕和敬重。

吉尔湖在斯莱戈南部约 5 公里处，沿着湖畔的公路长约 20 公里。如果是夏天，沿着湖畔漫步，欣赏着鸟语花香，伴着宁静而清凉的湖水和起伏的山峦缓

缓而行，一定是种极致的享受。周围几公里几乎看不到人，湖水碧蓝而宁静，湖边的植被郁郁葱葱，远处一片片树木却已变得金黄，散发着轻柔的旋律。附近山峦上时而黯淡，时而露出阳光。

湖边的景致引人入胜，此时正在秋冬换季，两季的美景仿佛在山坳与湖水间凝固了，只有渐起的涟漪才让人察觉微风从水面吹过。秋色渲染的一排排整齐的林木在湖边摇曳，仿佛一排巡逻的哨兵，又像是快乐的精灵。我一个人在湖附近漫步，回想起读书时见过的一些欧洲名画里宁静动人的湖水，如今却活生生地浮现在眼前。

斯莱戈郡孕育了叶芝的童年时光，眼前仙境般的湖滨在童年留给他的印象，想必对他早期作品浪漫主义梦幻般文风的形成起过相当大的作用。我想象着当年的叶芝在湖边漫步时，湖水使他产生了怎样的创作灵感。他的名诗《湖心岛因尼斯费里岛》中的字句，仿佛正伴着深秋的旋律，在湖山间流淌："我就要动身了，到因尼斯费里岛，造座小茅屋在那里，枝条编墙糊上泥，我要养一箱蜜蜂，种上九行豆角，独往在蜂声嗡嗡的林间草地。"这是怎样的孤寂，又是怎样的悠哉与快乐。诗中的美和矛盾，随着诗篇，在湖里得到了永恒。

叶芝，你早已长眠于底下，在这片你童年成长的地方，而我却姗姗来迟。我晚出生了100年，如果我生于100年前，我也许会到这里拜访，不只是因为你的诗篇，也是因为你对爱情朝圣的灵魂。

"当你老了，头白了，睡思昏沉，
炉火旁打盹，请取下这部诗歌，
慢慢读，回想你过去眼神的柔和，
回想它们昔日浓重的阴影；
多少人爱你青春欢畅的时辰，
爱慕你的美丽，假意或者真心，
只有一个人爱你那朝圣者的灵魂，
爱你衰老了的脸上痛苦的皱纹；
垂下头来，在红光闪耀的炉子旁，
凄然地轻轻诉说那爱情的消逝，
在头顶的山上它缓缓踱着步子，
在一群星星中间隐藏着脸庞。"

　　想到这首优美真挚的诗篇，竟出自一个病魔缠身的老人之手，忍不住让人心酸。是怎样的爱情，使你为她的坚持燃尽了整个生命。纵然最终也没有得到心上人的垂青，却使诗篇得到了永恒。然而，这种朝圣者的执着与真情，在一百年后的今天，到底还剩下多少在世间？

　　站在岸上发愣，太阳不知不觉中慢慢西斜，金黄的湖面波光粼粼，像不停眨动的眼睛。爱尔兰的冬季就是这样，太阳还没有高高照耀，就早早落下帷幕。夜，格外漫长。忽然又飘起迷蒙的雨，我回到车里，我打开音乐，迎着星光，开往北部的多尼戈尔郡。

➤ 多尼戈尔与最西角
止步天涯海角

　　欧洲最高耸的力格峭壁（Slieve League）就在多尼戈尔（Donegal）郡，本来是充满期待的，但眼前布满阴云的天空，却使期待变成了不安。

　　车穿过山路与荒原，沿多尼戈尔郡的海岸开了很久，才到了力格峭壁脚下。推开一道小铁门，沿着弯弯曲曲的山路继续前行。视野越来越开阔，远处雄伟的多尼戈尔山脉，随着光线的变化展现出不同的风采。我在半山腰一个空旷的地方停了车。

　　一下车，狂风扑面而来，刮在脸上、身上，裤脚在风中不停抖动，我连忙带上帽子。天边出现了一大片马尾云，看来不久后可能有一场大雨。山脚下的大西洋汹涌澎湃，断崖雄伟壮观，像一道拉满的弯弓，耸立于海中，气势比起高威的断崖，有过之而无不及。有一段靠近断崖的路被绳索封住，防止行人走近悬崖时被突起的大风刮落。看了一眼峭壁东侧荒凉的岩块与山谷，虽然极为壮观，此时却满目苍凉。

　　风越刮越大，叫人举步艰难，大片的乌云从天边压来，天迅速阴暗下来。峭壁锯齿一般扎在冰冷的大西洋中，细长的末端消失在远处的海平面。山崖上青草萋萋，却有几簇深红的野花，在凌厉的寒风中挣扎。海风深沉地呼啸，夹杂着远处雷鸣般的涛声。我正在出神，细密的雨滴突然落下来，越下越大。我裹紧衣领，收起相机上车。爱尔兰深秋的天气真是多变，几个月前刚刚欣赏了高威断崖海岸的温暖浪漫，时隔几个月的今天却领略了冬季大西洋峭壁的桀骜不驯。

　　天气突如其来的变化打破了原先的计划，我就这样孤身一人，被大雨困在这个欧洲最高耸的悬崖峭壁上。在车里孤零零坐着，雨始终不见小，于是摊开爱尔兰地图消磨时光。突然发现，在爱尔兰西部狭长的大西洋沿岸，从南到北，我几乎走遍大部分岬角，而从未涉足的多尼戈尔最西角 Malin Beg，又引起了我强烈的兴趣。

　　于是在雨中，我离开了峭壁继续西行，弯弯曲曲的道路上，很久不见一辆车过往。路两边延绵不断的山地荒原，在雨中看不到边际。打开车里的轻音乐，想借此消除无边的孤寂，歌声却使我更加孤独，想停车给朋友打个电话，手机却一直没有一点儿信号，才想起自己是行驶在杳无人烟的荒原。就这样，与外面的世界仿佛彻底绝缘了。

　　车沿蜿蜒狭窄的山路开了很久，才到达多尼戈尔的最西部 Malin Beg，雨刚好也停了。沿途除了一个 20 多岁的爱尔兰女孩沿着大西洋奔跑，就再没见到一个人。

天依然阴霾，寒气逼人。从车里出来，险些被风吹倒。拧开饮料刚倒出来，就有一部分被风分解，碎末迅速飞散。

前面再也没有陆地，只剩下一望无际的汪洋。海边有一个巨大的深坑，长宽高都有几十米，旁边没有任何防护，海水不停地向坑里渗入。它也许是由于海水长时间侵蚀冲击，天然形成的。

这个爱尔兰北大西洋的一隅，只比我想象中更加荒凉。对面的山脉经久地屹立在大洋里，山头上居然还落着皑皑白雪，仿佛等待着神圣的洗礼。大洋边的大片草地上，大批羊群在逍遥自在地吃草，大有"天为盖，地为炉"的气势。唯一让我觉得有一点儿生机的，是在这个靠近大洋的海角上，有一座白色的小房。房门却紧锁，像是被荒废了，旁边停靠着几艘渔船。

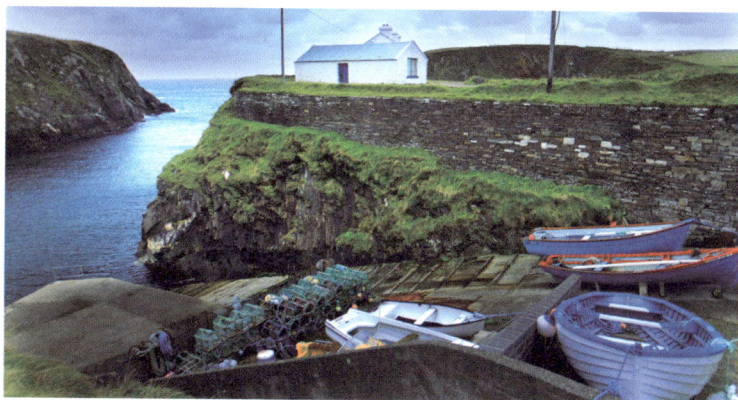

"你还好吗，孩子？"一个突如其来的声音从身后传来，响亮而有磁性，身后不知什么时候站着一个五六十岁男人，"你看天上那片云，是多么的纯净。"

先是吓了一跳，接着我马上对这样的一个人也充满好奇，在这个荒凉的季节，怎会有人也来到这个偏僻的地方。

聊起来才知道，他是一名神父，原来是为了思考一个课题才走到这个僻静之处，想不到被我巧遇。得知我一个人旅行后，神父说："到这种地方来是一种好事。""这种地方？""这种纯净的地方，就像天上那片云一样。"天边那几片零散的云团像是画一样轮廓分明，却一直在快速飘动。

"这个世界上，越来越多的诱惑在抢夺人们的视线，"神父继续说，目光充满慈祥，"撒旦在制造了太多的诱惑，让我们可怜得没时间去思考上帝，让我们离上帝越来越远。"

"人们应该怎么做，神父？"

"把那些诱惑抛弃吧，只把上帝放进心里，上帝的爱，就会把你充满。"

我深知，如果与神父谈论宗教，他们的话题永远滔滔不绝，就像我以前遇到的所有传教士，但我还是对他这番话的深意充满感激之情。在这个世界上，到底有多少无益的东西仅仅为了获取利益被制造出来，占据着人们的心灵，扭曲着人们的感知和审美，填充着人们的时间啊！

这个荒凉的角落里，这个凄冷的时节，从里到外都透着孤独，方圆几公里之内大概也没有几户人家。我站在这个三面环海，前方再也没有去路的地方，在北大西洋凌厉的寒风中，体验着天边的凄凉。隔海遥望美国东岸的方向，又痴痴地想着一些始终没有答案的问题：我是谁？又将会何去何从？这些问题如此简单，但又或许永远没有答案了。

饱尝了北大西洋沿岸的荒凉孤寂，我决定不再继续北行，准备今晚回到克利夫登小渔村过夜。

眼看夜幕降临，我告别了神父，驱车向南行驶。刚开出去不远，一件让人焦虑的事情发生了。天完全黑下来的时候，我的GPS突然出了问题，怎么修也不好用，眼看车里的汽油也越来越少，我的车却被困在了一条仿佛无尽头的漆黑荒地里，迷失了方向。

在无边的孤寂中，苍天的俯视下，一个人在夜色中迷失在杳无人烟的荒原，此刻还有人比我更加无助吗？车又在迷宫般的道路上开了半小时，路两边竟然没有一点变化，没有任何路标，没有一辆车经过，没有任何人类文明的标记，也没有任何岔路可以开出去，就像从一个狭长的管道开向一条永远没有尽头漆黑的路。两边除了高高的一成不变的草垛，就只有窗外大海骇人的巨响。

离这条路的尽头还有多远，答案无法知晓。汽油已经所剩无几，如果掉头往回开，也恐怕开不出这条狭小的荒地，想打电话求救，但这片荒地的位置无法定位，何况在这种荒芜之地手机不可能有一点网络。我索性继续前行，默默地祈求。幸运的是，在最后的汽油用尽之前，终于开出了这片诡异的迷宫般的荒地，找到了一个公路上的加油站。

由于耽误了行程，经过斯莱戈郡时，已经到了晚上十点。人烟稀少的西部荒原上，除了孤独的车灯外，再没有任何的光源，阴云穹窿般低罩在头顶，透不过一点星光。窗外不知多远处，大洋一直在呼啸，海水仿佛时刻准备从黑暗中涌出，把一切卷入危险的海洋深处。我有些焦急，每逢经过一个有几处人家的小镇，都停车想找个旅店落脚，但所有的旅店都已经关门。我只好又一次次离开人烟，在不见五指的荒郊中继续前行。等到了克利夫登镇，已经深夜，一片绝望的黑暗中，前方却有一处灯光微茫——那是一家旅店！

经历了一路的不安与孤独后，终于有一处可以落脚，见到在客厅里接待我的店主，我有种想过去拥抱的冲动，以此表达我的感激之情。迫不及待地泡个热水澡，又依偎在火炉旁，打开电视，享受着旅店简单的晚餐和淡淡的爱尔兰茶。幸福是什么？很多种答案，但有时候，其实很简单。

➤ 巴利肯尼利小镇
大洋一隅的烟熏鱼店

上午看着镇上的三三两两的路人，终于从昨夜的不安中解脱出来。今天是假期行程的最后一天，我打算去几英里外的巴利肯尼利小镇（Ballyconeely）参观一家烟熏鱼店。这家熏鱼店位于小镇靠海的一个偏僻角落，出海打渔想必十分方便。

工人们正在忙碌，店主西尔莎听说来了参观者，热情地端来一小盘烟熏三文鱼叫我品尝。鱼腌制得有些鲜咸，回味却漫长。

西尔莎很惊奇我会在寒冷的季节大老远来这片海域，热情地带我参观了熏鱼店。这家鱼铺是西尔莎的父亲在上世纪70年代开张的，现在他子承父业，和妻子带着孩子在海边过着舒适而惬意的生活。

烟熏三文鱼的吃法最先是北欧人发明的。他们发现三文鱼肉经过烟熏后能长久地保留下来，就把这种方式延续下来，到今天却成了一道美食。世界上不

同海域的烟熏三文鱼，有着不同的口感。爱尔兰西海岸的三文鱼，鱼的质感更加紧密，口感也更丰富。

三文鱼被送到店里后，首先去掉头、鱼骨，之后把脂肪和瘦肉分开。西尔莎告诉我，他们腌制三文鱼不用注射盐水的方式，而是采用一种传统的方法，用大量盐把鱼包起来，使盐慢慢渗入鱼肉，这种花费更多时间和耐心的工序，却能做出更加均匀的味道。

西尔莎又拿出一片三文鱼，在鱼片上洒了一些蔬菜和作料，再滴上点儿柠檬汁。鱼肉的质感在柠檬汁的点缀下，鲜美的味道更好地释放出来。我想起以前吃过的蒸三文鱼块，并没有这么好吃，于是向他请教原因。西尔莎告诉我，三文鱼脂肪含量比较高，加热后鱼油被破坏，质感较粗的三文鱼肉没有了那种滑嫩的口感，味道也遭到了破坏。

这里的很多原料都是就地取材，用的附近几十公里内大西洋的新鲜野味，不管是三文鱼、金枪鱼还是其他海鲜，都是使用最精良的手工制作方式和最新鲜的用料，用传统的腌制方式制成。"捕鱼需要资格证书，而且每年只有固定的时段可以捕鱼，鱼也需要时间生长啊。"

参观完烟熏鱼店，已经接近中午，西尔莎叫工人为我准备了一盘精美的烟熏鱼肉。本来他还准备了一杯白葡萄酒，我由于要驾车，谢绝了。我们索性把盘子端出去，对着大海，边晒着太阳，边品尝着鲜美的鱼肉。

"你知道吗？中国东北的酸菜和咸菜也是最初为了冬天储存而发明出来的特色菜呢。""那下次来的时候，你要带一些喽。"他打趣地说，随后语气又变得沉重，"这个季节附近的鱼越来越少了，不同种类的鱼迁移到了不同的地区，等天暖时才回来。最近海浪和大风经常威胁到我们的店铺，我要去做些预防措施了。"饭后，我感激地告别了西尔莎和他的工人们。

从熏鱼店出来，不远处有一个美丽的海滩。几天的漂泊激起了我心底对家的思念，于是用手指在细沙上写下"中国"两个巨大的字，又用英文写在旁边。

"你是想家了吧？"看到我写字，沙滩旁散步的一对德国夫妻向我打招呼。"我们也准备回家了呢。"女人说，手里抓着一把色彩艳丽的贝壳，她的丈夫蹲在沙滩里，帮她继续筛选着。这对德国夫妇也是来大西洋沿岸自驾游，女人是搞艺术的，正在搜集一些样式独特的贝壳，准备带回德国制作手工艺品。

　　回想这次晚秋荒凉的旅途中，无意中却遇到了很多孤寂漂流的艺人，我们彼此虽然没有太多的交流，却也产生了共鸣。突然间觉得语言是一种最低级的交流方式，真正的知己，并不用过多的解释和言语，或许只需一个眼神，一个动作，就可以深知对方。"海内存知己，天涯若比邻"，如果能读懂彼此的心，国界和语言的障碍又算什么呢？

　　一周的漂泊使我饱尝了深秋北大西洋严寒的孤寂和凄凉，也使我浮躁的内心重获了少有的宁静。深秋的大西洋并没有夏季时的妖娆妩媚，但也许只有当华丽的枝叶凋零落尽后，思想才会得到最深刻的沉淀吧。一个人，我离开了西爱尔兰这片难忘的秋色，带着叶芝的诗篇。

➲ 都柏林乡间小火车沿海漫游记

在我记忆的碎片里，在都柏林优美的海岸线，时常有一辆绿色的小火车飞驰而过，快乐的旋律随着诗意一路流淌。

目光略过车窗外，火车时而在乡间飞驰，时而在小镇缓慢停稳，窗外变换的景致，多像车厢内形形色色的游客，因此旅途即便孤独，却并不寂寞。人生是否也像火车，虽然需要疾驰，也要时而放慢脚步，才能欣赏沿途的美景呢？

在爱尔兰首都都柏林，经常可以看到有全身车体绿色的小火车（DART），沿着爱尔兰海，从南到北，穿梭于美丽的都柏林乡间小镇间。

DART (Dublin Area Rapit Transport) 是一种快速的交通工具，北部通往霍斯，南部通往威克洛郡的格雷斯通。全程经过20个左右不同的沿海小镇，每个小镇都有独自的自然风貌。

所以，在都柏林有一种惬意的漫游方式，就是买一个一天内可以无数次使用的DART票，从繁忙的市中心出发，乘坐小火车远离喧哗，穿梭在沿海小镇之间，一边吃着美食，听着音乐，一边观赏沿途的海景和乡间小镇，碰到自己喜欢的地方就下车，在浪漫的海边小镇

挥霍着整个下午。夜晚，再乘车回到市中心的怀抱，享受都市的夜生活。

在市中心利菲河南部的皮尔斯（Pearse）站，或者在河北部的康诺利（Connolly）站上车都十分方便。小火车每隔 10–20 分钟就有一趟，甚至更频繁，所以根本不用费心查看时间表。

火车服务从早上 6.30 一直延续到午夜。在爱尔兰夏季漫长的下午，即使在海边小镇玩儿到夜晚 10 点多，仍然可以坐在回程的火车上观赏美丽的晚霞。

➤ 多基
古镇漫游

都柏林南部有个古生古色的海边小镇叫多基（Dalkey），它的爱尔兰语意思是"带荆棘的岛屿"。为什么这么命名，问了几个爱尔兰人却没一个知道。20世纪最佳英文小说之首《尤利西斯》其中一章的场景地，就被设置在了这个古老的小镇上。

夏季周末晴朗的下午，舒适的小火车把我和朋友带到了多基镇中心。车站不远处的中世纪古堡，散发着历史的幽香。我们向当地人打听海边的方向，一个女人掏出一张精致的地图慷慨地送给我。"在当地酒吧经常会看到明星呢。"女人告诉我们。

古旧的气息，弥漫在小镇的街头巷尾。很多小房屋都有些年头了，在蓝天白云下却重新焕发生机。一座老房子上，常青藤爬满了墙壁，懒洋洋地依偎着窗户，一个少年趴在窗口发呆。镇上粉刷的雪白的花店显得格外妩媚，花盆里摆着新鲜的手捧花和装饰精美的盆栽。勋章菊和别春花开得争艳，引来蜜蜂停

落在花蕊上，娇嫩的秋海棠，鲜艳的旱金莲，也都从花盆中优美地伸出身躯，将它们的艳影映在窗外。

一家酒吧刚刚开门，酒保一边擦玻璃，一边招呼着外面的客人。旁边白漆圆桌旁的椅子上，几位老者一边闲聊，一边品着他们最钟爱的黑啤。谈着动人的小提琴的印第安人，向周围的每个路人微笑。有的路人停下来，感激地给他一两个硬币，艺人深深地鞠躬致敬。旁边有两个欧洲画家，一个在写生，另一个嘟囔着阴阳顿挫的法语，打量着过往的游人。

绕进一个十几米长的集市，两边摆满手工艺品和油画，连入时的打折夏装也像是艺术品。我陶醉地端详其中一幅油画，真是幅色彩浓郁，构图巧妙，趣

味横生的精品。这幅乡村山水画由小村庄、远山、流水、田地组成，对环境的描述栩栩如生，让人遐想联翩。如果买几幅挂在家里，闲暇时看看，足不出户就能欣赏到大千世界，也是很好的?

我们走进一家 Tramyard 咖啡店喝下午茶。格调清新古朴的咖啡店里，坐着三三两两的游客。窗外动情演奏的歌手，使很多过路人稍稍停步。过了会儿，卡布奇诺咖啡、伯爵茶和手工制作的柠檬蛋糕、苹果派之类的点心摆在桌上，店员还用巧克力粉在卡布奇诺上做出一个三叶草的图案。

在我的印象中，每个民族的国花，都多多少少地反应出一个民族的气质、个性和审美。法国的鸢尾优雅浪漫而又精致迷人，甚至被用为香水的定香剂，日本的樱花随风飘落时，带有一种凄美和含蓄的忧伤，像极了日本女人的性格，中国众多花卉中，虽然国花尚有争议，但人们情有独钟的牡丹，华丽而高雅，象征着富贵奢华。而爱尔兰的国花三叶草，相比之下却并不惊艳。我想，三叶草被定为国花，除了和传教士圣帕垂克所指的"三位一体"有关，也是因为爱尔兰人对绿色的情有独钟吧。至今，爱尔兰人依旧会把在路边捡到的三叶草送给朋友，作为最好的祝福。

朋友把卡布奇诺的奶油融入嘴里时，我也端起了伯爵茶。这种茶叶相传还是古代中国官员送给英国伯爵的一种好闻的茶叶，后来伯爵回国后，他的客人询问茶叶的来历，因而得名，从此英国人开始生产伯爵茶。先不管传说的真实与否，爱尔兰却真是个极喜欢喝茶的民族。店里满是茶客，然而大家喝的却是茶袋里泡出的爱尔兰茶，通常是把沏好的茶水倒在杯里，再加上糖和牛奶。我总觉得这种喝法保留了中国茶的内容，又剥夺了它的灵魂。但转念再想，其实这样也好，中国就是中国，日本就是日本，爱尔兰就是爱尔兰——爱尔兰茶和爱尔兰人一样，只要纯朴就好了。

下午茶后，我们离开懒散又热闹的镇中心，经过缓坡，沿海走在狭长的小路上。路两边很多大树参天，时不时吹起一阵清爽的风。附近有许多漂亮的二层小房，有些人家的阳台和前院很大，院子里被小围栏围起来，站在前院就可以看到海滩和远山。

经过一个不起眼的小门，眼前呈现出索伦托公园。沿着弯曲的山路，公园里的混凝土台阶伸向高处。在一块高耸的石坡上，镶着一块匾，上面是约翰·道兰德的卡通式画像。这个英国文艺复兴时期的作曲家和琵琶演奏家的画像怎么在这里？当地人告诉我，是他对莎士比亚描绘了这个小镇后，莎士比亚才产生了灵感，创作了哈利波特的一部分剧情。

在公园的最高处，可以瞭望远处多基镇附近的小岛和整个弯弯的海岸。出于对小岛的强烈兴趣，我们沿着蜿蜒的道路到了码头。狭长的小岛离我们大概有二三百米，在眼前一览无余。这个岛实在太小，从一头走到另一头大概也只需要十五分钟。据说6000年前上面就曾有人居住过。岛屿上有一个7世纪教堂的废墟，相传是维京人入侵后，把小岛用来做港口，教堂也被遗弃了。19世纪爱尔兰人为了防止拿破仑侵略，在旁边又修了一个海岸圆炮塔。

我用岸边的一个双筒望远镜观察，顿时岛上的一切仿佛近在咫尺。废弃的老教堂在眼前，旁边除了几只山羊和野兔，时而还能看到海豹在附近海岸游动。据说 19 世纪有人在岛上放了几只山羊，至今一直有山羊生活在岛上。它们靠吃草为生，爱尔兰四季如春的特点，使草地生长频繁，源源不断地冒出新草，使它们得以生存。

很多渔船开到离岸边一两百米的地方停下垂钓。一个正在垂钓的渔人告诉我，岛屿附近可以钓到黑鳕、马鲛鱼、鳕鱼。尤其是马鲛鱼，如果划船到岛屿附近，绕过密集的水草，一个小时就能钓到满满一桶，足有七八十条。渔夫把扑捉龙虾的大笼子放在海里，也是收获颇丰。

海面上飘着渔船，飞着摩托艇，虽然附近人不多，却热闹得叫观光客应接不暇。

几个人全副潜水装备，跳进海里，游向远方。这时正在涨潮，宁静的海水变得澎湃。涨潮和退潮交替进行，每六小时就轮换一次。涨潮后，等海水位较深时，人们开始在附近跳水。渔夫指着码头岸上的几只渔船自豪地挺起胸脯："喏，这些都是我亲手制作的，像不像艺术品？"

哗哗的潮水有节奏地撞击着不远处那座小岛，远处的大海愈加深邃神秘。夜幕悄悄降临，深蓝的夜空开始泛起点点星光。渔夫收起渔具，老婆孩子早在岸边笑盈盈地等着他。海岸热闹的人群散去之后，只有几艘渔船停靠在小港湾边，随着波浪轻微地一起一伏。

➤ 基利尼
静谧的时光

基利尼 (Killiney) 这个爱尔兰南部海岸静谧而优美的景区，位于古镇多基和桑可尤之间。我对基利尼的偏爱并不是因为它是女歌手恩雅和 U2 乐队波诺的住所，也不是因为都柏林最昂贵的别墅，而是因为海边独特的黄昏和星光。

一个周末，我和挚友准备好早上刚从海边捕捉到的鱼和其他野味，乘小火车去基拉尼打发下午的时光。快到站时，车缓缓地绕了一个大弯，透过车窗，整个弯弯的海滩尽收眼底。海岸线在低处被几面小山围住，另一面则是大海，峭壁上大片大片紫红的野花在眼前掠过。

下车后，我们带着野味和一次性烧烤用具，沿着海滩走向基利尼小山丘，决定先到山顶找一个地方野餐。山并不高，站在山顶，环视都柏林海岸线，山脉一直延绵到远处的威克洛山脉。山体上被野花覆盖，包括石南属植物和古木，山周围还有些有趣的方尖石塔。

刚把烤架放好，一只瘦长的爱尔兰赛特犬晃悠悠地跑过来，不停地嗅着装

海鱼的塑料袋。没办法，爱尔兰这个嗜狗如命的国家，有超过三分之一的人都养着狗，每逢傍晚或周末，花园、山上、乡间、海边，到处都能看得见被带出来散步的狗。于是收拾好东西，在山上继续寻找人更少的地方落脚。

不久，我们在树丛中发现了一条隐蔽的小道。斜身穿过狭窄弯曲的小路，眼前豁然开朗——前面是一大块无人的空地，再往前就是陡峭的山崖和大海。把炭火烧热，我们拿出青椒、洋葱和新鲜的鱼肉串在一起放在烤架上，立刻发出嗞嗞声。这个隐蔽的地方太惬意了，对面的山峰和大海尽收眼底。我们一边品尝着野味，一边享受美景。

不远处的山崖上有个人在攀岩。他戴着安全帽，系着保护绳，没有用任何工具，仅凭手脚和身体的平衡向上运动，远远看去，像是一只正在爬墙的壁虎。附近的海很宁静，一丝风都没有。海天相接，彼此间没有明显的界限，像一幅纯粹由蓝色组成的画卷。但细细观瞧，这种蓝又是微微渐变的，有层次的，由深蓝渐渐地向浅蓝平滑地过渡，一点儿不单调。

海面时不时有快艇驶过，划出一条条长长的水线，又在远处消失在视线中。偶尔几只外形独特的鸟飞来，向我们问候一下，又匆匆向大海上空飞去。如果基利尼是一片与世无争的净土，山上这块隐秘的空地则是净土中的秘密花园，宁静中却又生机盎然。

我们时而畅谈未来，时而回忆着美好的过去。夏季漫长的下午，仿佛把时间无限地延长了，要不是看着太阳的方位在天上的变化，我还真的以为时间凝固了。直到炭火都快熄灭了，我们才把垃圾打扫得干干净净，不舍地动身下山。

　　途中有几个全副武装的攀岩者，正沿着几十米高陡峭的悬崖攀爬。攀岩者身上系着两条绳子，绳子分别系在悬崖上的两棵树桩上，一个女孩在山崖上保护同伴，攀岩者每爬一步，女孩就把绳子拉上来一点儿。交谈了会儿，知道女孩和她的攀岩同伴们都来自委内瑞拉。她和朋友起哄地问我要不要试试："你知道吗？在委内瑞拉，有一种独特的鱼也可以攀岩。"女孩得意地说。"我可不想做自由落体运动。"尽管开玩笑，玩儿过室内攀岩的我还是想爬一段儿体验下。于是就绕到山崖下，女孩把长长的绳子扔下来，她的朋友帮我系得紧紧的。一个委内瑞拉小伙儿把登山鞋借给我，穿上去大小还差不多。他们帮我选了一条不是十分陡峭的路线。等开始爬时，才发现室外攀岩和室内完全是两回事儿。光滑的石头不像室内攀岩那样每个点都容易牢牢抓住。手很快就出汗了，厚重坚硬的鞋子踩在石头上也觉得有些磨脚。"那儿，抓住前面突出的石头，别向下看。"朋友在上面为我加油。每爬一步，手指都需要牢牢地扣住石头的缝隙，过了会儿觉得有些乏力，手心出了些汗，我没有准备防滑粉，为了安全，叫他们把我用绳子放了下来。看了眼自己爬到的地方，大概有八九米。才发现这项看似休闲的运动，实则比想象中难很多。

　　我们在半山腰发现了一家酒吧，找个角落里的小圆桌坐下来，每人点了一杯啤酒。酒吧里响着轻音乐，棚顶的几盏吊灯发着昏黄的光，照亮附近抽象的壁画。吧台旁的电视正播放着爱尔兰人最喜欢的足球比赛。几个上了年纪的爱尔兰人，兴奋地聊着当前的赛事，时而激动地站起来，像年轻人一样手舞足蹈。

　　爱尔兰酒吧里，喜欢坐在吧台前的，要么是喜欢搭讪的人，要么就是酒鬼。

他们一个人坐着，偶尔和酒保说说八卦新闻，或者拉住吧台前买酒的人闲聊。其他人则三三两两地坐成一桌，有的是窃窃私语的情侣，有的是像我们一样的游人，爬山后停下来休息，有的是当地人，早下班后来到这里喝酒，打磨晚饭前的闲暇时光。

在酒吧呆到黄昏时刻，我们下山来到基利尼海滩。基利尼海岸线区域经常被人与意大利的 Naples 相提并论，因为它们有很多 Vico、Sorrento、Monte Alverno 之类名字相同的路。长长的海滩被山地所环绕，从山的小斜坡下去，就可以接近这片隐秘的海滩。海浪拍打着沙滩，海面开始变得不那么平静，涨潮了。面对大海，左面是刚刚爬过的小山，在它旁边的，是多基的小岛，安详地沉浸在海里。小岛绿油油的，斜射的夕阳像聚光灯一样，消失前戏剧性地停在岛上，勾画出它完美的轮廓和色彩。

一个青年男子在沙滩上垂钓，眼中的表情好像是好奇我们怎么找到这里来的。"你是渔夫吗？"我走过去问。"不，我叫保罗，只是在附近工作。"保罗说，"这个季节有很多种鱼，但往往我都把它们放回大海。"

谈到放生，我和他讲，曾看过一篇文章，说被放生的生物会因为感激，对放它的人产生一种善意的磁场，这种磁场可以给人正能量，比如使人身体健康。所以中国占卜者往往叫病人买泥鳅之类的小生物放生。保罗郁闷地说，他放生只是因为鱼太小了，又哈哈大笑说，但愿那些曾被他放回海里的小鱼会保佑他。

"知道 U2 吧？波诺就住在那儿的一栋别墅里。"保罗指着我们来的那个方向，又说"恩雅也住在附近，你知道她吗？""当然啦！"毕竟她被誉为新世纪音乐之后。"恩雅虽然火爆一时，但之后就消声灭迹了。"他又耸耸肩，"鬼知道她现在做什么，我猜她赚够了钱，闭关了吧。哦，她的名字和古代卡尔特女神恩雅可是重名的呀。"随后保罗兴致勃勃地讲了一些难懂的爱尔兰神话。

脑海中回荡着恩雅那纯美的、圣洁的歌声。那是一种怎样动人的声音啊！是不是正是因为生活在这种与世无争的仙境，才能使她唱出那样一种天籁之音。

太阳渐渐西斜，我们听取了保罗的建议，沿着海岸线向小山相反的方向散步。

海滩旁的绿地上，不同颜色的花朵，白的、紫的、红的、黄的，一簇簇争先开放，在夕阳的余晖下格外妖艳。夕阳低低的余晖变成了点射光，洒落在大片

的草坪、花簇和远山上，使这里瞬间成为了一幅更有层次的画卷。

我们在一个小海湾停步，海水正弯弯曲曲地淌入到海湾。入海口的地方，水流入小河的哗哗声伴随着有节奏的涨潮，小海湾深处却十分宁静。小河边一个头发斑白的老人正牵着一只长毛狗散步，脸上没有一丝落寞与疲倦，后面跟着一个七八岁的小男孩跑来跑去。

通红的晚霞映在海湾里，在水中凝固成了一块硕大的、蓝红相间的宝石。在这静谧的空间里，时间也仿佛凝固了。我蹲下来，捡起一块石头，贴着水面打水瓢，石子划着河面，蹭出六七个水花，又很快恢复了平静。我又捡起一块块石头，不停地扔进河水。当石头与石头扔得紧凑的时候，后扔进来的石头产生的水花打破了之前石头产生的美妙涟漪。我想，大自然的规律便是如此，只有遵循有效的步奏和节拍，才能产出最美妙的结果，人与人之间的关系不也是如此，只有保持恰到好处的距离，才能欣赏到彼此的美妙。太阳渐渐落下时，海边最后几个垂钓的人也收起了渔具，回家去了。

不知不觉中，海边的大片草地变得朦胧迷离，夜色降临了。左右两边远处的小镇上隐约亮起了灯火，唯有基利尼这块被夹在中间的海滩渐渐暗了下来，愈发显得幽隐偏僻。偶尔一辆绿皮小火车在高处的山坡上驶过，打乱了海浪的节奏，发出一大片强光，洒在眼前的海滩上，几秒钟后，海边又恢复了一片黑暗。虽然夕阳早已垂暮，远处天边的一片片云朵仍然被下面小镇的灯光映得通红，然后慢吞吞地飘过来。

海面上的天空并非是纯黑色，而是一望无垠的深蓝。先是天空较低处隐隐地出现了几颗星斗，然后越来越密集，星空越来越明显。过了一会儿，北斗七星悬挂在天空清晰可见。在漫天星斗的海边散步，脚下踩着无数粒沙石，他们都是数不清的，可就算整个地球上沙石的总数量，也抵不过宇宙中星辰的数目，但它们却又那么可望不可及啊。

脚下的石块由于海水千百年的冲洗与搬运，最终停在这里，变成了光滑的鹅卵石。海潮的咆哮，仿佛一直在证明自己的伟大，可是谁说它能永恒呢，也许年复一年，日光会把它蒸腾，沧海桑田，终将不复存在。但头顶的星空，长久以来却一直在头顶闪烁，亘古不变。想想这宇宙苍茫不朽，人，又有什么放不下的呢？

　　仰望星空，耳边又回荡起恩雅的歌声。或许正是目睹了这样的海边星空，她才能够创造出那样美妙的天籁之音，就像她在歌中所唱——"在这个世界里，只有时间像流水一样悄悄流逝，夜幕降临时，月亮将天空染成了加勒比海的颜色，用星星在天空作画"。

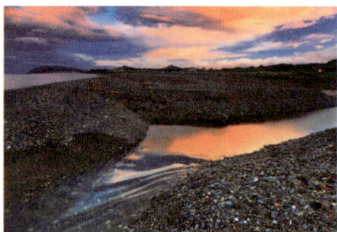

➤ 邓莱里
圣诞节与跳水节

爱尔兰圣诞节给人的感觉格外的宁静祥和。前一天晚上是平安夜，街上的店面早早地打烊了，人们也都早早下班回家，把房子打扫得干干净净。夜幕降临后，家家户户都开始聚会，吃圣诞火鸡，喝红酒。很多漂亮的小别墅和前院装饰得像童话一般——圣诞树上挂满果实，树上闪烁的灯光给人们指引着回家的路。我来到港口小镇邓莱里，准备在这里度过圣诞节，因为这里的圣诞节中还含有另一个节日——冬泳节。

邓莱里（Dun Laoghaire），这是个绕口的爱尔兰地名发音，在电影《P.S. 我爱你》里，初到爱尔兰的女主角就把它念错了。除了这部电影外，剧情片《傲气盖天》等大片也是在这个小镇上的东边码头拍摄的。

上午 11 点多，我漫步在小镇海边。这个圣诞节没有下雪，天气格外晴朗，海边没有一丝风。低低的阳光照亮了礁石群，暖暖的光泽使礁石成了一块块闪烁的黄金，仿佛在努力唤醒镇上平安夜因为狂欢而依然沉睡的人们。

圣诞节镇上所有的商铺都大门紧锁，看不到任何为了生计而繁忙的迹象。有些大门上还帖着"圣诞快乐"的大字和圣诞卡通图。渐渐地，人们一家一家地走出来，有的在慢跑，有的牵着狗散步，笑盈盈地互相道一声"圣诞快乐"。

"我梦见圣诞夜白雪茫茫，就像我熟悉的那样，圣诞树闪闪发光，雪橇的铃声在耳边响，我要写好每一张圣诞卡，祝你们圣诞快乐健康，祝你们圣诞瑞雪吉祥……"当圣诞赞歌从小镇的某处隐约传来时，把最后还在睡梦中的人唤醒了。

在这个寒冷的圣诞，一家叫做"Teddy's Ice cream"的老字号冰激凌店门口，居然有人排着队。一对儿情侣告诉我，每年圣诞都在小镇举行游泳节。"喏，"女人指了指前面，"那个地方叫 Forty Foot，大家今天就在那儿跳水游泳。""Forty Foot？名字蛮有趣嘛。"果然，很多人打扮成圣诞老人，沿海滩向一个方向走去。"你去跳水吗？"女人打量着我。"不是，我去看热闹的，和多数人一样。"

据说 Forty Foot 是都柏林最有名的游泳海滩。20 年前，那里只是男士游泳的地方，即便裸泳也不用担心被看到。沙滩旁有一个景致优雅的花园，但由于男人裸泳的习惯在当地人脑海里已经根深蒂固，至今很多女人还是不习惯在花园散步。

沿着海岸线，随着"圣诞老人们"在沙滩上行走，很快就接近了Forty Foot。还没走近人群，就听到了悠扬的乐器声，在海边格外悦耳。两个女孩，一个吹笛子，一个弹小提琴，旁边的几个孩子好奇地聆听着。

走进热闹的人群中，空气里顿时充满了温暖。热气腾腾的烟雾中，一个男人正在把烤好的香肠，免费分给过往路人。我才想起圣诞节所有的餐馆都关门，于是这位好心人做的烤香肠，就成了此时最实惠的圣诞礼物。每个路人经过时都拿一根尝尝，回报是一句"圣诞快乐"和一个真挚的微笑。人们欢笑着，拥挤着，空气里充满了节日的快乐。

人群一直延续到环海的山坡上。另一侧，准备冬泳的人排着长队，一个接一个地跳水。这个地点最大的优点是它的深度，人们甚至可以在海潮很低时跳水。海水又深又清澈，所以又是一个很适合游泳的地方。

一阵海风吹过，我紧了紧围巾。不得不佩服这些冬泳爱好者的身体素质，也许是因为当地人食物的热量较高，身体脂肪又多，所以都特别耐冻。跳水的除了一些年轻人外，还有几个精壮的老人。寒风中，很多人赤裸上身，只穿着短裤，排着长队等待跳水。有的人还戴着圣诞帽在队伍里跳来跳去，活跃气氛，旁边围观的人也跟着起哄。

很多人跳水时做出搞怪的动作或

手势，时不时逗得大家哈哈大笑。一个胖乎乎的小女孩跳到水里后，一边出洋相一边东一句西一句地喊着"天啊，上帝，好冷，圣诞快乐！"又惹来一片笑声。欢笑声，艺人演奏的乐器声，人们的交谈问候声，烤香肠的嗞嗞声，交杂在一起，给这个圣诞节增添了更多的趣味。

Forty Foot 附近有一个圆塔形的建筑，那就是文学家乔伊斯的纪念馆。这个塔原先是建于 19 世纪，当时是为了防止拿破仑侵略。沿凯尔特海域，每隔一段儿就建有一个这样的圆塔防御，如果敌人海军登岸突袭，圆塔间就可以互相通知，抵御侵犯。相传从 1900 年起，乔伊斯在此客居了很多年。如今，圆塔已经成为历史的缩影，建筑内部变成了小博物馆，里面陈列着信件、照片和乔伊斯的私人物品。仰视圆塔，灵魂穿越到了一百年前，乔伊斯和朋友仿佛正站在高处，俯视着优美的海岸。

下午三点半，跳水的人群渐渐散去时，我开始沿路慢悠悠地往回走。由于爱尔兰冬季落日很早，小镇里到处弥漫着金黄懒散的柔光，镇上昔日热闹的餐馆和咖啡店此时大门紧锁，店面外的圣诞树和铃铛提示人们，现在是圣诞节，这个礼拜不开门。没有了平日的应酬和忙碌，太阳早早就西斜了，爱尔兰的冬夜格外漫长，于是，大家都各自回到家里，坐在暖洋洋的火炉旁，与家人们聚在一起，享受着天伦之乐。

"一切还都好吗？家里人都健康吗？""托您的福，一切都好，祝您健康愉快。"街头处处可以听到这些祝福，毫无创意却又不可缺少。"小家伙，你跑到哪去了，小孩子要懂得感恩，明白吗？"一个红鼻子老头儿拍拍旁边一个小男孩说道。

海港上，船只成群，海边很多体积硕大的石块堆积，由近到远，无规则地躺在海岸，无边无际。沿海边漫步，不知不觉到了美丽的东部码头——《傲气盖天》的拍摄地。此时，海水的颜色和天空一样美妙，天边微微泛着一层淡红色。一条长长的路，沿着码头，指向远处的灯塔。

海边平整的石子路上，金黄的夕阳下漫步的人们，拖着一条条长长的影子。偶尔一个孩子踩着滑板飞驰而过，而头顶一道道美丽的弧线，是飞机天马行空的划痕。

走到灯塔旁，道路戛然而止，面前的是一望无际的爱尔兰海。我和几个还没有回家过圣诞节的行人站在灯塔下，欣赏着圣诞节海边日落的浪漫景象。

➤ 霍斯
海鲜之旅

夏季某天，美女艾米丽和莎拉突然兴致大起，嚷着要去都柏林最北边的小渔村霍斯（Howth）。我问为什么去那里，异口同声地回答："因为海鲜啊！"我有这样的体验，搭伴去旅游的时候，能在哪方面获得收获，很大程度上取决于同行的是什么样的人。而在只有女孩子同行的时候，往往我的摄影之旅就完全地变成了饮食之旅。

我们准备了两个轻便的塑料桶，小勺子和网，用来挖海螺，用几条干净的鞋带系成长绳，买了十几只大块的生鸡翅，用来钓螃蟹，穿着最凉爽的衣服，轻松地出发了。

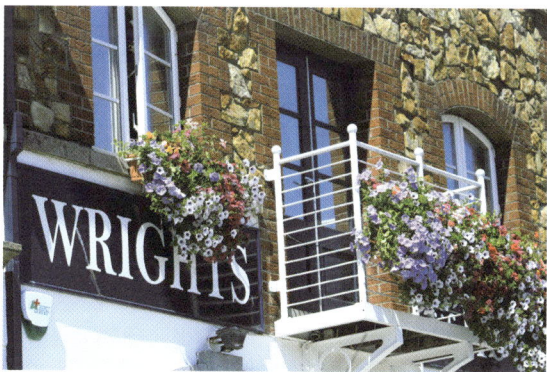

一下车就隐约感到海风中夹杂着潮气。一群海鸥在半空愉悦地盘旋，几个小店铺外面的桌旁，三三两两地游客正在享用下午茶。我们从一条小道走向海滩。下午两三点光景，太阳还高高地挂着，远处海岸线旁的小镇仙境般隐约可见，被云朵和海面夹杂在中间。海滩上的细沙踩在脚下，软软的，每一脚下去，都留下一个浅浅的小水坑。几个爱尔兰少年，踏进海水里，浮出半个身子，互相追逐着，宠物狗也跟着跑来跑去，激起层层浪花。

　　海边大片大片的水草，湿漉漉地闪闪发亮。不远处，有个女人带着孩子已经早早开始挖掘，身边的袋子里装满了海鲜。艾米丽和莎拉拿出水桶，换上拖鞋，开始沿着沙滩寻找海货。首先发现了蛤蜊。强烈的阳光照射在沙滩的水面上，反射出强光，沙滩上有很多蚯蚓状的东西，一小堆一小堆盘在一起，下面就可能藏着蛤蜊。我们按照这个方法继续挖，但并不奏效，不是每个沙堆下面都能找到蛤蜊。过了一会儿，又在一片水草和石头旁边的水洼里，发现了很多蛤蜊藏在里面。莎拉不知在哪捡到了一个指甲大小的螃蟹，兴奋了半天后，又把它放回海里。

　　我赤着脚，踏着细沙，一不小心踩进沙滩的水坑里，里面的水暖得叫人觉得浑身惬意。一望无际的海滩上，只有我们几个人和我们留下的脚印。几英里以外，一个绿油油的小岛隐约可见。岛屿与我们之间有一大片无人的沙滩，成群的海鸥停在那片空地上。眼前的小岛被称为"爱尔兰之眼"，旅游旺季每天

都有几班船可以登岛。岛上可以看到很多种海鸟，附近还有海豚时隐时现。岛屿离陆地不远不近的距离，真的想让人在温暖的海水中游过去，四脚朝天躺在岛上看着蓝天，终日与海鸟和海豚为伴，那里一定没有烦恼吧。

捡够了海货，在轻拂的海风中走向小镇，才发现另一片沙滩上，三三两两地躺着一片晒太阳的游人，像一群熟睡的海豹。一辆车里传出欢快的音乐，几个度假的年轻人伴着乐曲起舞。

北部港口停着很多小船，上空有几十只海鸥灵活地盘旋。有条渔船在港口匆匆靠岸，把刚捕捞到的新鲜海货放进货车，送往附近的餐馆。两只海豹从海面露出背部，很快又转进海里，憨态可掬。

码头上有个中年男人带着孩子垂钓，把挂好鱼饵的鱼线甩到海里，不一会儿就有好几条鲭鱼同时上钩。这种身体扁、头部尖的鱼分布在温热带海域。渔人告诉我，在北大西洋，西班牙和挪威，鲭鱼会成批地出现。

"现在正是钓鱼的好时候，等将近冬天的时候，鱼群就会迁移到大洋的其他地方。"每隔几分钟，总有几条鱼上钩。他把鱼从鱼钩上解下来，再用石头在鱼头上敲两下，丢进袋子里。"它们个儿不大，但味道好极了，傍晚我和孩子们又可以在后花园里 BBQ 啦！"

在镇中心沿着海滩旁的大片草坪漫步，北部爱尔兰之眼的轮廓越来越清晰，长形岛屿被绿色覆盖，小岛的末端还可以看到很多海鸟。东面长长的堤坝通往岛屿，堤坝下零零散散的游人靠在墙上，敞开衣襟，一边晒太阳，一边聆听旁边艺人的吉他演唱。弹吉他的年轻人忘情地拨动琴弦，背后海水的波光粼粼像是在伴随琴声起舞。堤坝另一侧一望无际的碎石，有的还长满绿色的水苔，在海潮的起伏中闪闪发亮。

东部有一座丘陵，山坡的高度正适合轻松的散步。由于丘陵被海环绕，如果走到它的另一侧，就可以欣赏到不同的景致。

我们缓缓地走上山坡，偶尔停下来欣赏路过的飞机在大海上空划出的美丽弧线。迎面有一对儿老夫妻，挽着胳膊笑盈盈地路过，步履略微有些蹒跚。我向他们打听诗人叶芝的事迹，"叶芝读书时在这附近住过吧？"老者惊讶"这你都知道？那边有一个农舍，是叶芝朋友的故居，叶芝只在那里暂住些日子而已"。在老者心里，叶芝这位大诗人更像一个流浪汉，到处游历，常常在朋友家借宿。老者又告诉我，在这里居住的短暂时光，叶芝听了很多关于附近丘陵

和山林的乡野传说，给他后来《凯尔特黄昏》里神奇冒险故事的撰写打下了基础。

　　远处的蓝天、岛屿、碧海，与近处的绿地、鲜花交织在一起，形成一幅完美的画卷。山坡上有几栋双层别墅，白色的房屋和阳台在夕阳的余晖中泛着金黄的光。

　　山脚下靠海边的地方有一个海蚀洞，洞口离海水很近，旁边有很多大礁石。我觉得礁石附近应该会有螃蟹，而且这个时间也正是螃蟹觅食的时段，于是决定停下来试试运气。

　　我们用早准备好的绳子紧紧系住生鸡翅，扔到礁石旁边，慢慢沉下去，每隔一会儿就提一提绳子。鸡翅、烂鱼之类是螃蟹最喜爱的食物，尤其是发臭的鸡翅，螃蟹会随着味道找过来。待绳子有些重时提起，果然发现几只大螃蟹紧紧地夹住鸡翅！

艾米丽和莎拉也跃跃欲试，可有时候刚把绳子提出水面，螃蟹就溜走了。并不是螃蟹有多狡猾，而是因为提起绳子的时候，它还没有抓稳鸡翅。"你看，"我指着一只正在进食的螃蟹，它是一只钳子先抓住鸡翅，另一只钳子才把肉撕下来，送进嘴里。"

靠近礁石的地方螃蟹特别多，用这种简单的方法，不一会儿的功夫就钓了二三十只。艾米丽和莎拉又兴奋起来，把剩下的两条鞋带和细线也绑在一起垂钓，有时能同时拉上来两三只。

太阳渐渐地靠近地平线时，涨潮了。拉了几次绳子都是轻飘飘的。海水更猛烈地拍打着岸边的岩石，显然钓螃蟹受到了涨潮的影响。等到海浪稍微小点儿的时候，果然这些家伙又开始上钩了。我们最后提着沉甸甸的半大桶螃蟹，在天黑前回到镇上。

　　远处港口尽头的灯塔照耀着海水的涟漪。这座两百年前的灯塔，见证了这个小镇的历史，在夜晚又不知曾给多少渔民指引过前行的方向。在它的照耀下，即使深夜中在几公里之外的大海上航行，也能看到这边隐约的灯光。

　　镇中心的酒吧里传来欢快的音乐。街头星星点点闪耀着的，是餐馆里的烛光。墨西哥菜、意大利菜、泰国菜、印度菜，小镇里的餐厅让人眼花缭乱。我们走进一家酒吧休息，每人点的都是海鲜。我的开胃菜是蒸蛤蜊，一则由于它的鲜美，二则因为它的营养。很多爱尔兰人钟情于它，想必也是这个原因。

　　酒吧窗外，华灯初上。镇上过往的游人都在寻觅餐馆，家家餐厅的厨房炊事正忙。一道蒸蛤蜊送上，居然不是一碟，而是一小锅。蛤蜊挤在一起，下面是汤汁，虽然不太好看，却相当实惠，像是热情实在的爱尔兰人。蛤蜊由白葡萄酒、洋葱和大蒜等烹制而成，上面还摆了两大片柠檬用来调味。夹起一只蛤蜊肉，蘸下锅里的汤汁，再滴上一两滴柠檬汁送入口中，娇嫩中带有几丝奶油般的滑润，又含着催人食欲的酸味，顿时味蕾绽放。

　　慢慢品尝着蛤蜊，脑海里不禁回荡起那曲耳熟能详又略带伤感的爱尔兰民歌《蛤蜊与淡菜》——"在美丽的都柏林城，那儿美女如云，一眼望见可爱的梅露恩，她推着小车吱吱叫，沿大街小巷四处到，'新鲜的蛤蜊哟，淡菜有多娇'……"

➡ 沧桑的都柏林

　　都柏林是一座这样的城——古旧的街道和建筑，空气中飘着淡淡的忧伤，却又充满活力。当她一下子呈现在你面前时，你也许不会砰然心动，在不知名的街角与疾步行走的路人擦肩而过。你大概会想，这到底是哪里啊？但如果你放慢脚步，走进一座不起眼的博物馆去欣赏，在某个跳蚤市场翻出一张旧唱片，转进一家小酒吧与人交谈畅饮，或是在一座雕像前停留片刻，总之用心去阅读这座城市的点点滴滴时，你一定会深深地爱上她。

➤ 都柏林城市剪影
偷得浮生"一日闲"

次挚友来拜访，问到目前我所居住的都柏林是一座怎样的城市，我倒了一杯茶给他，顿时茶香四溢。于是，他一边喝着茶，一边听我讲起初到都柏林时的见闻。

都柏林，这座古老的城市处处散发着历史的幽香。市中心一支高大的巨柱赫然在目，定海神针般屹立于街间，感觉第一眼便要仰视。这座 120 米高的"尖塔"，简洁有力，又不乏美感。初建成时，很多人不理解政府为何投入那么多时间和金钱在这个看似毫无意义的东西上。如今它已经成为都柏林的标志性建筑之一。夜晚，基座的灯光传遍塔身，整个塔的轮廓在夜色中格外明显，成了城市的重要地标。

塔尖右侧步行街上有一尊拄着拐杖的铜像，原来是詹姆斯·乔伊斯。乔伊斯的大多数时光是在爱尔兰之外度过的，儿时在都柏林的时光对他产生了深远

的影响。小说《都柏林人》对这座城市生活的描写如此逼真，使人觉得这位文学家的灵魂至今还在这座城市里游荡。正因为《都柏林人》，都柏林被世人熟知，至今来自世界各地的游人在每一个角落里寻找和重温着书中的经典。

踱步尖塔左侧一条步行街——亨利街，穿过几家五花八门的精品店，右侧呈现出一条有些破旧的市场，里面的摊位摆满五颜六色的新鲜水果和蔬菜。菜贩带着浓重的都柏林口音不停地吆喝着"香蕉嘞，一欧元六个"，鱼贩也把刚进货的鱼整齐地摆放在案上。这条"毛街"是都柏林最古老的菜市场，已有百年历史。相对于其他超市，它价格便宜，通常两三欧元就能买到不少蔬菜水果。

在小贩们都柏林味儿十足的叫卖声中，穿过"毛街"，沿着陈旧的街道往北走，在帕奈尔广场有一座不起眼的乔治亚风格建筑——作家博物馆。

展台里陈列着文学大师的著作原件，手稿、信件、肖像或纪念物，展台对应的墙上贴着相关作家的介绍。爱尔兰近三百多年来的文化名人便栩栩如生地浮现在眼前。博物馆外观虽有些陈旧，但馆内的每一样物品都与爱尔兰的大文豪有关，一不留意就可能在某个不起眼的角落里看到一个获诺贝尔文学奖巨匠的生平事迹简介。细心留意每个角落，都有机会解读文学家的心。叶芝的珍贵手稿和一些古老的硬币，使人联想起他的精美诗篇；贝克特20世纪70年代在法国使用过的电话和古旧的眼镜，让人联想到他废寝忘食工作时的情形；乔伊斯在家庭收入微薄的情况下，在1910年购买的精美钢琴，反应了他对生活品质的追求，而展台里的那本《尤文图斯》，更使人感叹这位大文豪是怎样创作出这部近代小说史上类似天书的扛鼎之作。

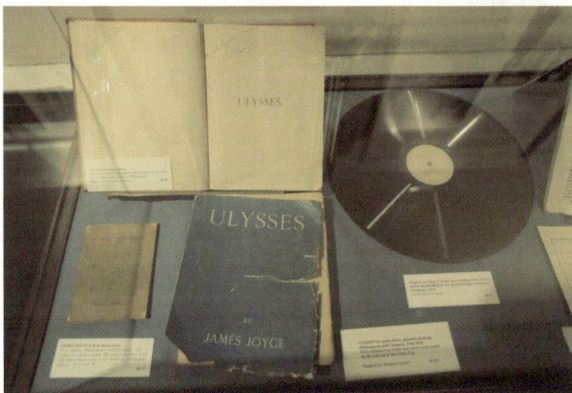

　　有的展台里还可以看到作家的死亡面具。制作死亡面具是某些西欧国家的一种习俗，某些有影响力的人死后，他们面部特征被用特殊的方法和材料保存下来，让后人铭记。凝视栩栩如生的死亡面具，脸上的每一道皱纹，都仿佛讲述着一个故事。在这安宁的表情中，伟大的灵魂在人们的心中得到了永恒。

　　除了陈列文物的展馆，还有一个豪华的大展厅，是按照一两个世纪前的风格设计的。古香古色的房间有些黯淡，唯一的光线是从一扇小窗里透进来的。天花板上的雕花豪华精细，水晶灯高雅精美，墙上挂着古朴高雅的油画，显得温文尔雅。

　　在爱尔兰近代文学史里走一趟，需要坐下来，慢慢理清思路。于是我在博物馆书店里买了本乔伊斯的著作留念后，又到咖啡屋点了杯黑咖啡。咖啡是苦的，书是甜的，所以咖啡也成了甜的。

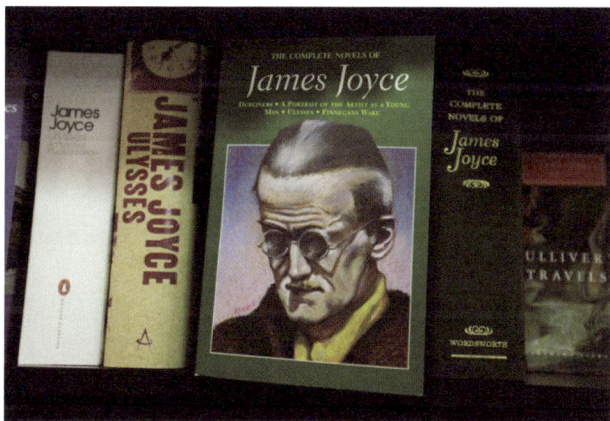

　　走出博物馆，再回头看一眼，不禁感叹这个建筑的外观对于馆内的珍宝来说，实在太一般了。然而这又有什么关系呢？玻璃柜中陈旧的手稿似乎还散发着墨香，昔日的文豪们仿佛就在我身边陪伴。

　　原路回到市中心塔尖的位置。塔尖所处的街道，是都柏林最宽的一条街——写满了沧桑历史的奥康纳尔大街。它建立于 18 世纪，英国统治时期的街头起义和后来的内战等历史事件都曾在这里上演。经历了重重的破坏与磨难后，奥康纳尔大街不得不在 20 世纪初期重建。直到 20 世纪 90 年代，政府扩宽路面，重新规划交通路线后，街道才变得焕然一新。

　　一阵风吹来，下起了沥沥细雨，街上行人并不打伞，有的走进街旁的书店、快餐店，有的带上帽子，继续匆匆赶路。海洋性气候的爱尔兰，时不时就会下起雨来，然而雨并不会太大，而且说停就停了。雨中的都柏林有些忧郁，就像它忧伤的历史。在街头，与来自世界各地的行人擦肩而过，微风夹杂着不同的语言在细雨中飘荡。

　　从塔尖往南没走出几十步，就可以看到右侧的一个新古典主义建筑，邮政总局大楼（GPO）。它是 1916 年复活节起义的舞台，起义领导人当年就是在这里宣告爱尔兰脱离了英国的管辖独立，并占据邮政总局大楼作为起义总部。这座大楼见证了惨烈的斗争，门口石柱上的累累弹痕，追忆着战乱的岁月。邮局外面有一群人在游行，内容是对政府的一些新政提出抗议，几个警察在不远处维持着秩序，却并不干预。

从邮局穿过奥康纳尔大街，有一个阿比剧院。这个 1904 年开业的剧院，由诗人叶芝等 "爱尔兰文艺复兴运动" 核心的成员所创建，它几乎孕育了现代爱尔兰所有的剧作家和演员，在爱尔兰现代文学史上有些举足轻重的地位。那些近代大师的剧作，至今依旧在这里定期上演。

从剧院往南走，经过横跨市中心的利菲河（River Liffey）。这条宽大的河流把都柏林分成了南方和北方。站在南北分界处细细打量，总觉得北方有些破旧，南方则相对富足。这时，雨下了几滴就停了，一道彩虹架在天上，像一道桥梁。而地上，也有几条桥梁横跨大河。除了 1880 年的奥康纳尔大桥，不远处还有一座优雅的半便士桥。这座历史悠久的桥梁曾经因为是横跨利菲河的唯一一座人行桥，而成为都柏林的标志。

沿着利菲河向东漫步，可以经常看到游船或快艇在水面行驶，一片生机盎然，但岸上的一处雕像群却与之形成了强烈的反差。久久凝视这些身上布满淤泥般破旧的雕像，心中充满了沉痛。19 世纪中叶爱尔兰的大饥荒，使这个人口仅有几百万的小国家百万人饿死，又有百万人被迫永远离开故土，踏上异国另谋生路。如今大饥荒早已过去，它昨日的伤痛却挥之不去，化成这些雕塑，使每一位爱尔兰人永远地铭记。

返回奥康纳尔大街，再往南走，随着一声雀跃，一辆五颜六色的水陆两用车从身边经过，车上坐着一群戴着奇异头盔的游客。这是旅行团带游客参观都柏林主要的水陆景区，但它的名字却和维京人联系起来。一千年前的维京海盗，利用先进的航海技术，野蛮地掠夺了爱尔兰，又建立了都柏林这座城市。倔强的爱尔兰人经过长久艰难的斗争，赶走了维京人，如今却用这种玩笑的方式来追忆历史。

走着走着，在路左面有一段古老的围墙，里面就是1592年由英国女王创建的著名高等学府圣三一大学。就是在这所校园里，孕育了乔伊斯、王尔德、贝克特这些世界著名的文学家。大学到18世纪已基本形成目前的规模，学院占地47英亩，各个时期的建筑风格迥然不用。校园内教学楼大多为17~18世纪风格，校园里除了学生，每天吸引了很多游客慕名而来。

学院著名的老图书馆里存放着爱尔兰最珍贵的宝藏——《凯尔特经典》（*Book of Kells*），这部由拉丁文写成的书籍，源于中世纪早起，是爱尔兰古代最完美的手写巨著，记录了当时宗教、文化、艺术等方面的发展历史。其中包括希腊文、拉丁文的手抄本，几百年前的爱尔兰作品，莎士比亚的原稿等。

这部大约从公元八百年流传下来的僧侣手抄的四福音书，是世界上年代最久远的手抄本新约圣经。相传这些书籍是由苏格兰西海岸外的教士一笔一画地描绘而成。为了避免维京人的侵袭，教士带着书稿渡海，来到米斯郡的凯尔斯。之后又把它们带到圣三一学府，保存至今。为了保存珍贵的文物，《凯尔特经

典》被放在防弹玻璃罩中，定期翻开新页，因而游人每次只能浏览其中的两页。

沿着圣三一学院的围墙向东走，有一家叫做"Sweny"的药店映入眼帘，这里正是《尤利西斯》书中鲁姆买柠檬肥皂的地方。药店里七八个爱尔兰青年捧着书，在一位老先生的指导下轮流阅读《都柏林人》第一章。见我进来，老者递给我一本《都柏林人》，叫我边看边等。学生们交替地朗读文章，在老先生的鼓励下，我接着一个学生，读完了章节最后两段生僻的英文。

原来这家药铺几年前已不再经营，现在成了一个"博物馆"。里面陈列着各种古董，古怪的溶液、香水、肥皂、画像，还有很多发黄的旧文学书。仿佛每一个角落都还和一百年前小说中描写的一样，唯一变化的就是药店里多了很多乔伊斯的书。

老者拿出一本中文版《尤利西斯》。"这是一个朋友送给我的礼物"。他翻到描写这个药铺那一章，让我随便找一个段落，用英文翻译一个开头，他居然熟练地接着背了下来。老者感叹"乔伊斯一生漂泊，生活很平淡甚至混乱，却通过小说超凡入圣。他的遣词用句那么美，随便读一段都是种享受。可惜现在爱尔兰年轻人都不怎么读了。"我在想，都柏林人会怎么看乔伊斯呢？乔伊斯爱爱尔兰吗？如果爱，他为什么离开爱尔兰，一生漂泊；如果不爱，他又怎能把都柏林描写得如此详尽，以至于扬言如果哪天都柏林彻底消失，可以根据他书中的描写重建这座城市？"都柏林民众难以接受这样尖锐的观点，因为他太批判了。"老者说，"而且他又太有才华，光辉遮盖了同年代的作家，所以也不被爱尔兰作家喜爱。"

出了药铺，怀着对乔伊斯的思绪，在东南面梅里昂广场里的一个幽静处，我又看到奥斯卡·王尔德的雕像。雕像着装的色彩十分鲜艳，手里竟拿着一支绿色的康乃馨。正如这位风流才子本人的张扬，人人穿黑衣的维多利亚时代，他却穿着花哨的服饰，言行也同样充满色彩。然而，自由大胆的作风，也使同性恋倾向的王尔德入狱两年。

对法庭的质问，他抛出对"不敢说出名字的爱"的争辩，也许只有王尔德才敢如此直抒胸臆，因而又被世人议论了一个世纪。然而他的妙语和唯美诗篇，倾倒众生，被世人久久流传。仔细端详雕像面部，这是一种怎样的表情啊？是痛苦，是微笑，是嘲讽，还是玩世不恭？复杂得就像他本人永远被世人争议一样。

　　起了一阵风，几滴雨点轻轻飘到脸上，带有一丝忧伤，我沿着原路往回走。圣三一大学马路对面，有几个人在和一个铜像合影留念。这座雕像并不是一个政界名人或文学家，而是一个穿着朴实的普通妇女，手里推着一辆鱼车。相传这位茉莉马隆（Moly Malone）出于生活所迫，白天卖水产，晚上卖身，最后不幸染病而亡。她谜一样的故事被写进爱尔兰民谣，流传至今。在1988年都柏林庆祝建城一千年时，在这个热闹的街角特意为她建了这座铜雕。如今，这座铜雕已经迁移到都柏林市中心的其他街道了。她依旧推着卖蛤蜊的车子，站在车水马龙的街头，向人诉说昔日的忧伤。

挨着铜像，有一条热闹的步行街——因奢华而著名的格拉弗屯街。街上各种装饰考究的精品店、快餐店、咖啡厅和艺人传神的表演，使行人流连忘返。一家叫做 Brown Thomas 的百货商店，汇聚了各种时尚服装品牌，橱窗内模特考究的服装搭配和装饰品，本身就成了一道美丽的风景。

已经到了下午，我在街上古香古色的 Bewleys 咖啡店点了份点心。坐在二楼窗口，小半条街的景致就在眼下。街上不同肤色学生的说笑声，与吉他、竖琴的乐器声，艺人的歌声时而混合在一起，远处还有一个女孩在众人的围观下，跳着爱尔兰的民族舞蹈——大河之舞。

在步行街尽头，有一片宽广的草地，里面是圣史提芬绿园。公园门口停着几辆四轮马车。只需要三十欧元就可以绕市中心逛一圈。虽然是走马观花，但如果是在黄昏或夜晚，的确是一番浪漫的体验。

我漫步于公园里的树林、草坪和人造湖间。圣史提芬绿园是一个维多利亚风格的公园。17 世纪中期，这片绿地遍布沼泽，是公共放牧地，后来被政府征收并用围墙围了起来。直到 19 世纪 70 年代，这块地被经营吉尼斯黑啤而致富的商家买下，并规划成今天的模样，向所有人免费开放。

在河水边，人们用面包片喂鸭子和天鹅。几个外国学生，坐在草坪上用不熟练的英语聊天。情侣们依偎在长椅上，享受阳光的沐浴。每走一小段儿路，就看见一座都柏林名人的雕像，让人去回味一段几百年前的人和事。于是，在园中漫步，不仅有视觉的圣餐，也有心灵的洗涤。

从公园出来，已是华灯初上。公园门外不远处，一家 Gaiety 剧院的门前，几个穿着打扮怀旧的员工，正站在门口向路人发送节目演出传单。复古的乐曲，昏暗的灯光，活生生一幅 19 世纪的场景。街头巷尾的酒吧，人们已经开始畅饮，夜色也越来越暧昧，步行街附近人影晃动，偶尔有一辆四轮马车经过，清脆的马蹄声在这座古老的城市里回响。

我描绘完初来都柏林时一日内的旅行，随手画了张简单的地图。朋友续了一壶茶，又倒了一杯给我，"这么看，都柏林倒有很多历史和文学呀！""对。虽然质朴却又耐人寻味，就像这壶茶。"

➤ 都柏林维京博物馆
历史的见证

提到都柏林，无法不想到古代建立这座城市的维京人。都柏林维京博物馆是一座不大的楼，入口处一只硕大的海盗船模型和全副武装的维京战士雕像栩栩如生，时空被拉回到了中世纪，都柏林，仿佛刚刚被维京海盗侵占。

现在谈到海盗，一个是加勒比海盗，一个是索马里海盗，都往往会被提及。但真正海盗史上最让人难忘的，也许是横扫欧洲三百年后又突然消失了的维京海盗。精力旺盛的北欧人创作了脍炙人口的冒险小说，甚至自豪地发明了"Saga"这个词，自称一派风格，谁能想到他们曾经的另一个身份却是海盗。

我在一个维京房屋模型里仔细琢磨，尝试在点滴中了解他们的生活。阴暗狭窄的屋子中间有一只火炉，地上放着由动物贝壳和骨头制成的工具，墙上挂着猎获的野鸟。生活形态落后的维京人依靠打渔、打猎、采野果为生。靠海的就吃鱼和贝类动物，比如鲸鱼、海鸟蛋。打猎获得肉之后，动物的皮用来做衣服，骨头用来做工具或装饰。小屋几乎没有窗户，照明的蜡烛是动物的脂肪做的，烟只能从屋顶的小孔排出，可想而知屋内的味道，所以在大多数时间，他们在室外活动。维京人身躯高大，房屋却建得很矮，这样如果敌人低头进屋偷袭时，室内的维京人就有时间拿起兵器防御。也许正是海盗本身的逻辑，使他们建筑房屋时有了这样的设计。

土地面积狭窄，地形起伏贫瘠，自然环境恶劣，可耕作土地又极少，这些自然因素本来就是维京人成为海盗的诱因，加上他们又是一夫多妻，却只有长子可以继承土地和财产，也导致很多人走投无路。在这些未开化的人眼里，想

要生存，只有拿起刀剑、斧子去侵略，结果导致了野蛮民族统治先进民族这样的悲剧。

维京人每攻占一处，除了掠夺土地，也掠夺人。被掠夺的人，少数留下来耕地，更多被卖到奴隶市场交换珠宝或货物。奴隶市场有的在西班牙，甚至俄国南部，但最重要的一个市场却在都柏林。

一个全副武装维京战士服饰的员工给我们讲解了维京兵器的使用方法。维京人的头盔有很多种，最简陋的头盔戴着像皮帽一样轻便，但防御性极差，估计用一公斤重的双刃剑就能击穿。只有将军的头盔才又厚又重。旧兵器上一般都沾过血，维京战士认为这种兵器才拥有魔力，因此倍加喜爱。维京人的海盗船，为了方便掉头，船头和船尾设计得一样，因此作战也灵活，更符合海盗抢完就跑的特点。另外，也许是因为北欧海峡地形的复杂，使他们在战船的建造上有了这样灵活的设计。

每个维京战士都视死如归，把死在战场看成光荣。他们相信有死后世界，所以维京人埋葬时都会用生前物品做陪葬。男人往往带着兵器，女人则带上珠宝。有钱或有地位的人下葬时会把死者放在船里，带上马匹、家具，甚至奴隶殉葬。每具被挖掘出的维京人的尸骨旁，都会发现殉葬品。这种习俗成了我们了解当年维京人的线索。过了千年，他们的肉体早已腐烂，只留下身边的剑与斧，把我们带回那段动荡的历史。

这些猖狂的海盗在欧洲疯狂抢掠了三百年，制造了好几个世纪的恐怖，又移民到不同的地方，和不同的种族进行了混杂后，演变成新的民族。倔强的爱尔兰人，通过上百年顽强的反抗，把维京人赶出了自己的家园。历史上强大一时的凯尔特民族，大多数都消失了，而爱尔兰人至今依然可以自豪地向世界宣称，自己是凯尔特人的后代。

我在博物馆里一件件历史遗物和模型中徘徊，思索着历史。如果不把维京人看作强盗，从其他角度想，却也发现了他们的可爱与可贵。

维京人是顽强的，如今挪威人的身体里，依然流淌着祖先的血液。

弗洛姆铁路，世界上最艰难的工程，就是挪威人用双手搭建的，它至今穿梭于雪山冰川之中。欣赏壮观的景色时，更让人惊叹他们与自然斗争的坚忍不拔的精神；维京人是喜欢冒险的，正是因为生活在世界的边缘，使他们拥有一种这样的精神，制造了最先进的战舰，在三百年内疯狂扩张；也许是做海盗的缘故，使他们有了"船的文化"，所以他们比任何人都明白同舟共济的道理。

至今，北欧是世界福利最好的地区，社会里没有中心与附庸的对立，国家领导人也没有特权与姿态。然而这种平均主义，谁能说不是海盗文化的产物呢？如今维京人依然驾船行驶，但已经不再为了掠夺，他们带着世界各地的游人，坐着舒适的游轮，欣赏着他们壮丽的峡湾风光。

走出博物馆，又回头望了一眼，历史就被定格在里面，已成往事。如今北欧人坦然正视，爱尔兰人铭记，却并不仇恨。对错已经不重要，也许引发后人深思，才是历史的真正魅力。

➤ 酒吧闲话
酒杯中的都柏林

爱尔兰的吉尼斯黑啤酒大名鼎鼎，但参观了吉尼斯酒厂后，未免有些失望。酒厂里详尽而完美地展示了黑啤酒的历史辉煌与制作方法，除了一张证明亲自制作过一杯黑啤酒的证书和一品脱免费啤酒，剩下给我的感觉就是游客看游客。

意犹未尽，我和朋友又在都柏林市中心小巷里找到一家酒吧喝酒。说到酒，不能不说爱尔兰人，谈到爱尔兰人，又不能不谈酒。爱尔兰大名鼎鼎的"吉尼斯黑啤酒"（Guinness，又名健力士黑啤）和"吉尼斯世界纪录"还有着一段有趣的渊源。

在 1951 年，爱尔兰威克斯福德郡（Wexford）的一个狩猎会上，英国吉尼斯啤酒公司的执行董事休·比佛爵士打猎时没有命中一只金鸻，因而他抱怨说，这是世界上飞得最快的鸟，并与同伴发生了争执。他们查过所有书籍，都没有发现一本书能对这种鸟的速度做出阐述。休爵士意识到，人们在酒吧里常常会讨论一些问题，如果有一本书能为这类争论提供答案的话，可以使人找到吹牛的谈资，又助了酒兴。于是，他由自己的公司出版了一本记录世纪之最的书——《吉尼斯世界纪录大全》。

吉尼斯世界记录作为吉尼斯黑啤酒创意广告的产物，大大地增加了黑啤酒的知名度，书的名声甚至超过了吉尼斯黑啤本身，使游客纷纷前来参观和购买黑啤。

至于大名鼎鼎的吉尼斯黑啤，只要你随便打听一个爱尔兰人，他就会津津乐道地向你讲述起它的一切。

吉尼斯黑啤酒是由大麦、啤酒花、水和酵母酿造而成。这是一种泡沫丰富、口味醇厚、色暗如黑的啤酒。刚刚品味时觉得很苦涩，但习惯后，就会慢慢地喜欢上这种味道。吉尼斯黑啤对身体有很大好处，甚至有些孕妇还以此为由专门喝这种啤酒。

下午酒吧里的人并不多，乐队组合也在门口尽情演唱。我们绕过三三两两的酒客，在一个吧台旁边的角落聚坐。过了会儿，一杯苏打水加爱尔兰威士忌，一杯伏特加加可乐，一杯龙舌兰加柠檬送到我们面前。"吉尼斯黑啤稍等下，马上就好。"酒保话音刚落，已经走到吧台，把那杯泡沫刚刚沉淀的黑啤倾斜45 度，慢慢注满。"瞧，真正的黑啤酒就是这样做出来的！"

"帕迪，快把你新写的作品给大家读读吧，看在上帝的份上。"另一个角落里一个穿花格子衬衫的男人突然说，然后那边又传来掌声和起哄声。接着一个秃顶连鬓胡须老者站起，清了清嗓子，背诵起自己创作的诗歌来。

"瞧，我们都柏林人就是这样，在酒吧里才能展示出最好的才气。"一个朋友有些得意道，又好像是自嘲。"喝了啤酒不仅能叫人会作诗，也能叫人学会外语。"另一个也跟着打趣。老者背诵完作品，得意地坐下，周围响起掌声，之后大家又开始喝酒。我们也又喝了一轮。

旁边的几个都柏林人，讲着口音浓重的英语，非把 pub 发音说成 pob。所以即使都柏林是首都，但我却总觉得都柏林口音的英语依旧有着浓厚的乡村气息。有几个人喝多了，开始比起酒量，他们在桌子上摆满十几品脱的酒，一杯杯拿起来往喉咙里倒，喝完把空杯扣在自己头上，抬起酒杯时头上滑稽地沾着一丝泡沫。

这场景让我不由得联想到在乔伊斯笔下旧时都柏林人的麻痹不堪。为什么当时只有在酒馆打烊的时候，烂醉如泥的都柏林人才会唱起"A nation once again"这首歌曲，呼吁重建一个独立的国家？而酒没有喝醉，钱又花个精光的无奈之事也比比皆是。

即使乔伊斯的小说有些夸大地表现了人物的麻痹，我想这些麻痹大抵是有原因的。政治上被英国统治了八百年，宗教上又被罗马教皇控制，或许正是被统治的经历，使当时都柏林人在意识里适应了被先进力量领导，也适应了地位上被边缘化，这种根深蒂固的想法，在政治、经济、文化等方面，事实上已经偷偷地存在了几百年。

当时的都柏林需要拯救，但有两种爱国方式。乔伊斯犀利的文笔，像一剂猛药，批判而毫不客气地指出都柏林人的所有缺点，但特立独行的乔伊斯却又难以被爱尔兰人接受和喜欢。他们人不买乔伊斯的账，抛弃了乔伊斯，却选择了跟随另一个人，用诗歌歌颂人们的善良淳朴，国家美好的诗人叶芝。

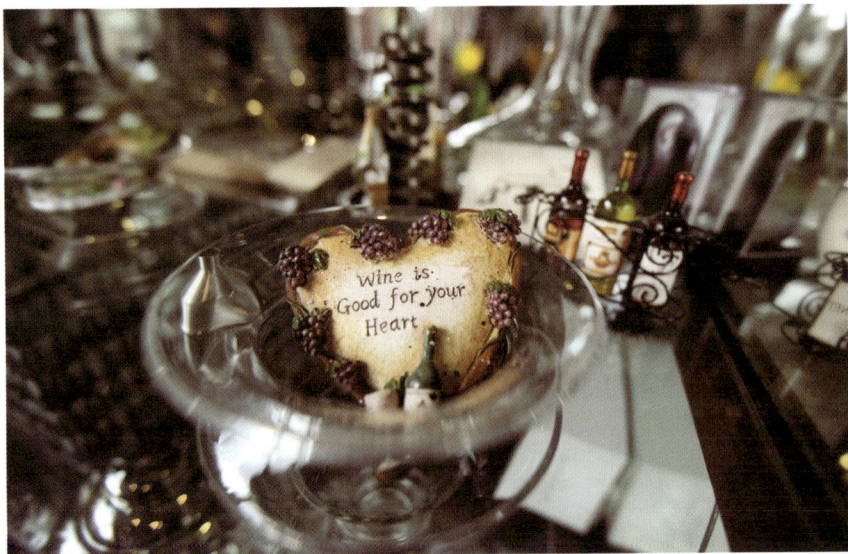

又一轮酒上来了，是朋友请的。这次是葡萄酒和黑巧克力。酒保倒好了几杯波尔多酒，笑嘻嘻地端过来。我轻轻转动酒杯，让葡萄酒散发出香气，慢慢品一口，酒香在味蕾中充分散开后咽下。黑巧克力，有种苦涩而富有层次的味道，这种微苦中的香气，被红酒充分地释放出来，更加醉人。同一个产区的葡萄，因为年份、雨水和日照的不同，味道也不同。我原先是不大喜欢红酒的，但近几年喝得多了，渐渐习惯了，品尝着杯中的波尔多，我更加确定了为什么莎士比亚对红酒加巧克力的那份情有独钟。

夜渐渐地深了，黑暗无声地侵蚀着窗外的景致，在昏暗的灯光下，隐约看到小巷里的人影晃动，酒吧内的灯光调暗了，音乐更响了，气氛也越来越喧闹暧昧起来。先前聚坐在一起说着磕磕绊绊英语的游客已经不见，剩下的人已经开始脱掉外衣，在黑暗中扭动。"快点吧，让我们跳一支舞！"一个长着雀斑的女人喝多了，张开厚实的双臂，走到我们桌前。"弗兰克，你去吧！这不正是你的 taste ！"看热闹的不怕事儿大，于是大家起哄。弗兰克从脖子红到脸，支支吾吾地推辞。"看看你，你难道是 Gay 吗？"女人努着嘴自我解嘲，又跑到别的地方。

一个大鼻子酒鬼喝多了，看到我们桌有两个亚洲面孔，踉踉跄跄地走过来一字一字地蹦出："konn ni qi wa。""不，我们是中国人。""中国人？漂亮的中国人。长城是你们的呀！"酒鬼笑眯眯地伸出大拇指，喃喃自语了一会儿，大鼻子一甩又找别人搭话去了。

在晃动的人影夹缝中，偶尔露出古老墙壁上乔伊斯的警句和画像。他仿佛在说，看，我应该写一本新的"都柏林人"了。喝得微醉的时候，我拿着剩下的半杯酒发呆。都柏林这座充满历史与故事的城市，又何尝不像一杯经过岁月沉淀的佳酿，质朴却让人回味无穷。夜色中踉踉跄跄走出酒吧，外面的小雨有些忧伤，我吸入一口新鲜空气，呵出的却是酒气，弥漫在这古老的城市中，和都柏林的夜一起醉了。

➲ 爱岛的美好时光

　　一次次旅行，一次次回忆，有的时候是跋涉几百公里，欣赏一处风景，有的时候是去拜访一个人，有的时候是自己，有的时候是和朋友，认识的，不认识的。爱尔兰并不大，我却在这个不大的岛国，留下了点滴美好的回忆。

➤ 阿伦群岛
与世隔绝的原生态小岛

　　此次约几个好友去爱尔兰西部海岛阿伦岛——一个与世隔绝的地方。十月的都柏林有些凉爽，看着车外淅淅沥沥的小雨，心里默默地念叨，这场雨早些散去吧。

　　到达高威小城时已是中午，天气如愿地变好，秋季的高威依旧热闹，不同的是夏季树木翠绿的枝叶已渐渐变成忧郁的金黄色。看到街头巷尾橱窗罗列的饰品才想起，已然临近万圣节。一家店铺屋顶挂满装饰品——蜘蛛网和骷髅头面具，架上排满色彩缤纷的小糖果罐。店员是个可爱的小姑娘，却一身仆人打扮，里里外外招待着过往的游客。

　　从高威前往小岛的渡轮每天只有几班，等船的时间，我们在街角一家酒吧落座，点了几道传统的爱尔兰菜，时而拿小李和旁边的女孩开涮，时而观察着窗外行人打发时间。去码头坐轮渡时已是夜晚，街道不像市区那般灯光璀璨，这里没有路灯，没有万家灯火，依稀可见的只是夜间偶尔驶过的星星点点的车灯和微弱的星光。

　　在海上漂浮了近一个小时终于抵达了阿伦岛。抵达港口，刚下轮渡，月光仿佛被笼罩上一层灰色的薄纱，外面愈加寒冷。待下船时，发现前方所有游客戛然止步——原来我们遇上了岛上的一场葬礼。微弱的月光下，众人围着长长的棺木，气氛格外凝重，听说是某个岛民去逝了，岛上的熟人用默哀的方式表示缅怀。一群海鸥在海面盘旋，刺耳的叫声像是哀鸣。一下船就遇到这样的事情，心情有些沉重，也给孤岛之旅又增添了一丝神秘。

阿伦群岛由三座小岛组成，岛上的 800 多岛民保持着爱尔兰人最原始的生活方式。他们几乎每家都有自己的车，由于小岛不大，如果道路通畅，开车个把小时就能在岛上转一圈，因此岛民之间也都互相熟悉。

我们入住的地方是一家乡村特色极强的 B&B。一入门，和蔼的爱尔兰老太太就热情地招待，顺着窄窄的楼道，把我们引到温馨的卧室放下行李，又载我们到当地的小酒吧。由于太晚，酒吧里已经不卖晚餐，其他酒吧更是如此，磨破嘴皮，大块头厨师终于答应为我们做几大盘牛肉汉堡加沙拉。

乡气十足的酒吧里回荡着爱尔兰小曲，演奏者是小岛学校里的学生，每个合奏者都配合默契，旁边的爱尔兰酒客也踩着节奏跳起欢快的民族舞，一曲结束，又跑去喝酒。"亲爱的，你不觉得你太圆了点儿吗，快来跳会儿舞吧？"一个高个子女人拉起她的丈夫，跳了一支舞，又坐到我们旁边，问"不去跳舞吗？"

这里的人很有趣，每当舞曲响起，人们就会自发地去跳，也不管跳得好坏，每当一个人唱歌，其他人都静静地欣赏，好像这些是岛民的一种习俗。风笛，鼓，小提琴，乐器的声音交织在小酒吧里，那种悠扬自在没有什么东西能取代，我们的心，也早已飞到第二天的旅行上了。

又喝了些酒，夜里回到房间和小李翻看关于海岛的资料，"你知道吗，它是世界上海浪最汹涌壮观的岛屿之一……岛民保留最原始的生活方式……唯一几个至今还使用爱尔兰语的地方之一……没有巴士，只有马车和自行车……"直到听到小李的呼噜声，我关了灯，一片不见五指的黑。我想，我真的是在一座孤岛上了。

第二天天蒙蒙亮就醒了，昨夜抵达时没有看清附近的风景，急切地想出门看看。小李还在熟睡，我拉开窗帘，惊奇地发现，这里真是看海的好地方。轻轻推开门，外面安静得没有一点儿声音。花坛内各式开放的娇艳花朵，使清晨的空气格外芳香。太阳从海平面缓缓升起，使万物瞬间苏醒，绽放出原有的色彩。阳光照在黄色窗户上形成的暖色，和远处深蓝的天空形成了强烈的对比。

早餐的时候，我们决定以骑车的方式环岛漫游。于是在码头的自行车店每人租了一辆。美女小俞不太会骑，就又租了一辆双人自行车，由小李和火星鱼两个男孩轮流带着她。在双人自行车上两个人一前一后坐好，居然在崎岖的道路上也能飞快前行。"要协调啊！别把美女摔下来，一，二，一，二……"我边骑车边回头喊，空气里充满了愉悦。

伴着清早温暖的阳光，在这个只属于我们几个人的小岛上，我们骑车无拘无束地挥霍着时间。呼吸着海风吹来的清新空气，心情也变得格外舒畅。即便大声说笑打闹，也不必担心大清早会吵到谁，低低的阳光照在我们身上，在身后拖出一条条长长的影子。

岛上的小平房都靠着海，晨光照在远处一家农舍微微敞开的窗上，闪闪发光，像一只金色的眼睛。每户房前都种着花圃，偶尔会看到房内的小猫小狗跑出来溜达。沿途有一匹呆萌的小马驹，一直目不转睛直视着一个方向。一个农舍的窗台外，几只鸡不甘寂寞地跑来跑去。岛上长着大片大片色彩斑驳的野生黑莓，沿海骑车累了休息的时候，随手都可以摘下来品尝。在这里，人，动物与大自然美妙而和谐。

整座岛上没有巴士和其他交通工具，只有每天登船来体验生活的游人，眼前一片原生态景象。偶尔能碰到一两个早起的游人，骑着单车，和我们擦肩而过。一个小房旁，草地里有一匹英俊的高头大马在吃草，我们走过去和它合影。"你们看看，像不像西部牛仔？"小李拿出用复古色效果拍成的照片，倒确实有点儿在荒芜西部流浪的味道。

相传这座岛屿在冰河时期形成，整座群岛都是石头——石墙，石门，石路。我们一路看到的路标都是由爱尔兰语和英语双语组成，爱尔兰语看起来就像爱尔兰历史那样，原始而悠久，而当地人也保留着最原始的生活方式。

骑车路过一个装饰古朴而漂亮的小房子，岛民告诉我，记录电影之父的早期记录片《亚兰岛人》就是在这里拍摄的。据说他为了记录当地岛民的生活，在岛屿上住了两年才完成拍摄。电影由于太久远，我没有看全，唯一的印象就是片中大西洋的海浪被风吹上断崖的场景，难怪影片中称阿伦岛海浪的壮观可谓世界之最。幸好我们赶上了好时节，此时的大洋显示出它温和的一面。

骑车轻松溜过山坡，右前方出现了一个狭长的沙滩。沙滩上有很多稀奇的贝壳，黄色的、粉红色的、白色的、紫红色的，各种各样，形态迥异。这些躲在岛屿角落的小生命，过着隐士般的生活。淡蓝色的天空下，海水呈现出迷人的碧绿色，轻轻拍打着沙滩，空气中传来海风清新的味道。扔下单车，我们奔向海滩，踩着柔软的细沙，肆意跳跃，欢笑，在沙滩上涂鸦，拍照，释放心情，这一刻我们回归了童真，变成了天真无邪的孩子。

　　最让我难忘的是，岛屿的某个角落的绿地上，有一片墓碑。细细端详，每篇碑文都很感人而富有哲理。有座碑上刻着"逝去的人虽已远去，活着的人仍需继续，只要真正努力的活过，就会使人尊重。"这些墓碑多了几分恬静温馨，少了几分恐怖阴森，却又不乏凝重肃穆。墓廊间有一个鹤发童颜的老者，不知是墓碑的管理者，是游人，还来看望逝者的人。老者或许是一个智者——因为在这个旧人的归宿处，却是静坐或思考的绝好去处，静静地呆上片刻，心灵必定可以得以宁静。

　　墓碑的周围，有草地，有低低的蓝天白云，有海。这些岛民的墓碑，有的几十年，有的已经上百年，在这个与世隔绝的小岛上，在这片他们曾经生活过的土地上，永远沐浴着岛上的海风。也许这里正是他们最理想的归宿吧。望着碑文上一个个姓名和生卒年，不禁联想，这些逝去的人可曾想过，他们过世后的墓碑与安息之地，就像这个幽静美丽的小岛一样，成了游人眼中必看的一道风景。

　　有一家有趣的茅草屋店，店面由粗糙的白墙做成，像极了卡通里的小屋。店里的 T 恤衫、羊毛衫、明信片和小饰品都是手工品做的，几个人进去转了一圈，什么都想买，仿佛随便买一样放在家里，只摆在那里看看就可以心满意足。

　　小屋的对面是一家咖啡店，简单而温馨的小店里挤满了游客。墙上挂着不同风格的画，有的古朴简约，有的趣味横生，使人遐想。餐边柜上放着不同颜色的瓷器，做工精美，有些是东方特色的，更多的是结合了西方特点的工艺品。旁边陈旧相框里的合影，诉说着他们几代人的家族历史，每一张都似乎是一段久远的故事。我们在角落聚坐，用过简单的午餐。

下午把自行车停在咖啡店门口，徒步去岛上的断崖。我们沿着小石头山一路攀爬。由于前一天下过雨的缘故，石头路稍微有些湿滑。路边的很多石头矮墙在岛屿的其他地方也随处可见，据说岛民就是靠它们抵挡冬天强劲的大西洋海风。

二十分钟后，我们已然到达顶峰。低头往断崖那边望去，依稀可见海浪。断崖是岛上最惊险壮丽的代表景观，却也让人感觉心惊胆战。幸运的是，此时断崖旁的风并不大，大洋在下面缓缓浮动，宛如光滑的丝绸。游客拍照的拍照，野餐的野餐，三三两两地聚在一起观光，一个人也有一个人的乐趣。小李一兴奋，居然跳起了鸟叔的"江南 style"，惹得旁边的老外也捧腹大笑。

突然间，传来一个女人的歌声，大家都安静了下来。嗓音有些粗犷沙哑，但歌声却动听，音调质朴而悠扬。断崖上，一个身着蓝衣的金发爱尔兰女人，正用古老的爱尔兰语清唱着民歌。歌词一句也听不懂，却不知为何句句触动着我的神经。心底说了无数遍："这才是真正的爱尔兰人嘛！"听着婉转悦耳的爱尔兰民歌，我涌出一种复杂的情绪，不知是震撼，还是感动，不知道爱尔兰语这个被越来越多爱尔兰人遗忘的语言，还会在这个世界上存在多久，但至少在这个偏远的海岛上，还有一群人最后坚持着自己的文化。

一个岛民告诉我，在航海不发达的年代，封闭的生存环境和凶险的大西洋使他们祖先在孤岛上的生活异常艰难，没有外界的经济支助，冬天只能冒着大西洋的狂风巨浪出海打渔。而深深埋藏在他们血液中的音乐，一直支撑着他们倔强地与自然斗争。但也正是海洋影响了他们音乐创作的灵感，它是所有岛民的心脏。

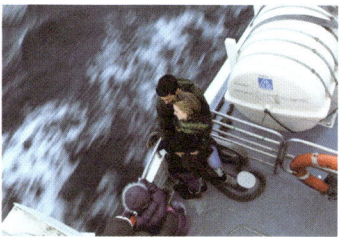

女人的歌声未停，旁边又响起了天籁般的风笛声，吹风笛的老人，仿佛在用满脸的皱纹讲述着岛上的往事。断崖下的海浪声，伴随着歌声和风笛声，是流浪，是凄美，是忧伤，是快乐，说不出的感觉，搅在一起，把我的心都要揉碎了。

不知道在这荒岛的音乐中沉浸了多久，待黄昏赶回码头的时候，每个人的脸上都流露出不舍。我想：我还会再来的。回程的轮渡上，海风很大。大多数游客坐在渡轮内休息，我一个人走出船舱，最后观赏下岛屿附近的自然风光。除了少数的游客，船下层有对儿情侣紧紧依偎在一起，让我想起了泰坦尼克里的台词"You Jupm, I Jump"。余晖洒落，把海面的涟漪染成暖暖的金黄色，最终，夕阳落下。天空升起明月，皎洁的月光代替了日光，映在无垠的海里，指引着回程的路。

➤ 湖克角灯塔
八百年的守候

连续几日的写作让我非常疲倦，灵感也完全陷进了绝望的沼泽，当我躺下来凝视着挂历画面上的一座灯塔时，猛然间精神为之一振，决定马上动身前往爱尔兰东南部的湖克角，观赏一座有 800 多年历史的灯塔。

灯塔对于我而言一直有种莫名的魔力，因此将近三个小时的车程并不遥远。接近湖克角的时候，人烟越来越稀少，眼前一片片被切成绿色方块的田野和山地中隐藏的牛羊，星星点点的农舍和一段段古老的矮墙，组成一幅十七八世纪的市井乡村画。陆地最后合并成一条狭长的岬角，伸向大海，在岬角尽头的悬崖上屹立不动的，是古老的湖克角灯塔。

下午两三点温暖的阳光，三三两两的渔民和游客，附近除了灯塔和旁边的小餐馆，就是悬崖和大海。远处这座黑白相间的灯塔，是世界上最亮的，迄今为止工作着的最古老灯塔。从 13 世纪的诺曼年代落成，迄今已在爱尔兰南部海域兢兢业业地守护了 800 多年。最初建造灯塔时，很多修建城堡的能工巧匠和大量的当地人同时被雇佣。早期由修道院的僧侣晚上照看烽火信号，后来一批批的灯塔守护人轮流接替，一直到 1996 年，灯塔才实现了完全自动化。

灯塔的楼梯并不像想象中那样狭窄，既没有古老到嘎嘎作响，也没有摇摇欲坠，墙壁上是多年前刷过的白漆。整个灯塔除了最高一层和办公室不能进入，其他地方都可以参观。由于今天最后一班游客只有我一个人，于是灯塔历史的讲解就变成了导游和我的私人聊天。

简单参观了灯塔的内部结构，我们爬上观望台眺望附近的地貌。远处岬角被海水包围，旁边大片的绿地上星星点点地分散着几间别墅。岬角一侧布满一层层的石灰岩，成为地表板块运动抬升的证据。海峡旁有一大片秃地，寸草不生。

"那片地不久前已经重新耕种了，希望再过七八个月就长出草来。"导游告诉我，"是岩石的问题。""附近的房价高吗？"我注意到一路上经过几处大别墅，却都没人居住。"当然了，"导游耸耸肩，"看看这地方吧，看看这大海，这绿地，这美丽的风光，哪里还有这样的地方啊！那儿住着教师，那儿是政客，那儿是律师，这里都是有钱人。当然，由于当地没有就业机会，有些低价的房子也是空着的。"

"灯塔以前有人看守着，前些年自动化了，每天夜幕前灯都会自己亮起，每晚亮灯的时间会相差几分钟。灯塔会定期保养和刷漆，塔外表黑白相间的漆料有时给工作带来麻烦，如果工作一半突然遇到大风大雨，漆料就会被吹得到处都是，只得半途而废。"导游介绍的时候，下面有几只大海鸟一直张着翅膀不动，完全借助风的阻力在灯塔附近滑翔。"你知道吗，科技给灯塔守护人带来多大便利，没有电话的时代如果旋转透镜出了故障，灯塔没法亮起来，灯塔守护者甚至需要整晚用手去推动，一直到天亮关灯。"我凝视着远处的海峡，幻想着自己成了灯塔的守护者，住在附近的房子里，每天站在梯子上，转进大灯罩把灯塔的一圈圈水晶灯擦亮。晚上听见船只的汽笛声，就知道她依旧照亮着附近危险复杂的海域。

我的心底一直对灯塔有着深深的敬畏和羡慕，想起相传有个真实的无线电话记录，也是个笑话，不知道历史是否确有其事，故事是这样的：在一个漆黑的夜，船长在前方发现一束灯光，判断可能是一条船挡住了他们的去路，于是发出警告信号："把你的航向向东改变10度。"对方灯光处传来的信号也很固执："改变你的航向，向西转10度。""我是一名海军上将，现在改变你的航线，先生！"船长愤怒了。"我是名水手，"对面的信号回复，"改变你的航线，先生！"最后船长彻底被激怒了，威胁道，"这里是一艘战舰，我不会改变航向，现在我命令你改变航线，否则我方将采取敌对措施！"对方信号最后的回答是："这里是一座灯塔，你看着办吧。"最终，船长只得灰溜溜地扭头。每当想起这个故事，我对灯塔的无上敬畏之情就会愈加强烈。她只会坚定的守候，又怎会因为势力而屈服或丝毫改变呢，因为她是灯塔！直到导游告诉我他下班了，我才如梦方醒，顺着灯塔的楼梯走下来。

在海边岩石旁，一个大胡子渔民向我打招呼，旁边还有一个女人和小女孩。

他们穿着长靴，拿着刀具正在收割海草，旁边放着几个大桶。"POLA, 别踩在岩石上。"女人趁女孩没摔倒，拽回孩子。"要不要尝尝？"大胡子递给我一条水草，有将近半米，自己拿起一条嚼起来。我吃了一口，有些咸，但口感真不错。岸边有很多水草，大胡子却把裤脚塞进靴子，走下岩石去割海边岩石下面的水草，一个大浪，险些把他淹没。"谢天谢地！"他嘟嘟囔囔地爬上来，看着我摇摇头。"岸上不是有很多水草吗？"我不解。"但我们需要四种不同的水草，"大胡子倔强地说，"你愿意帮忙吗？"他祈求地看着我，我正好在傍晚前没事，就愉快地答应了。

于是他拿出一个杆子，我在岩石上双手用力握着杆子，他握紧杆子的另一头下去割水草。每次大浪打来，我用力一提，他借力暂时躲到一块岩石上，大浪过去的几秒钟继续下去收割。"抓紧了伙计，我信任你！"每次拉他之前他都大叫，这样很快收割了一桶。"四种不同的水草，用来做不同的食品，我们这个月又有得吃啦！""用一种水草做，不行吗？""不行。""两种？""不行，每种水草的营养是不同的，到我这把年纪就知道自己要从哪种水草中获得什么养分。"看着他一根根银白的胡须，我对他的这句话坚信不疑。但接下来他的话就开始离谱："你知道吗，爱尔兰岛可能就是传说中被海洋淹没了的亚特兰蒂斯大陆。"从我的沉默里看出质疑，他耸耸肩，说："想想吧，这两座岛屿实在太相似了，从山川平原地貌到土地面积，到风俗，爱尔兰北部比金字塔还早的古迹和传说中的神庙，都那么相似。亚特兰蒂斯大陆应该是爱尔兰和英格兰之间的一个小岛，在八千多年前被海水淹没，之后就一直在爱尔兰人的脑海里存在了三千多年，最后传到欧洲大陆，变成了神话。""拜托，请你换一个话题吧。"直到旁边女人提醒，他才尴尬地打住伸出手，"请叫我杰克。"

这时候，不远处岩石旁的男人突然大叫："该死的，住嘴！"几只大海鸥飞来，争抢渔民刚刚钓上来的鱼，旁边一只狗跑来追赶着海鸥。"你知道吗，"大胡子杰克说，"不同的季节，这里的人都能找到乐子，比如夏天的夜晚，孩子们爬下岩石，捕捉鳟鱼和鲈鱼，我妻子拿回来用黄油之类的东西就能做出一道美味。那简直棒极了！""还有海鲜沙拉和香肠。"旁边的小女孩补充。

暮色金黄，昼已成昏，我告别了杰克他们，去寻找一个拍摄灯塔的最佳位置。

我需要一张同时融入灯塔和大海的照片，灯塔的正面只有陆地，显然不适合拍摄，于是我开始观察起灯塔背面和侧面的环境。先前的十几个游客已经回程，附近只剩下几个从北欧来的游客，依在宽敞的房车里观赏海边的火烧云。这几个瑞士人告诉我他们是从本国开车到法国，然后又坐了 17 个小时渡轮赶到这个爱尔兰东南部的岬角登陆，白天钓鱼赏景，晚上就住在房车里，今晚是在这里度过的第二夜。瑞士人告诉我灯塔后面的峭壁下去可能会有好的拍摄角度，之后继续边吃晚餐边欣赏车外美景。

　　我踩着一层层厚厚的岩石，从峭壁走下去的时候正好开始涨潮，我沿着海岸线，顶着强风绕到灯塔的背面，终于找到了一块向海里稍微凹进的陆地，这

样可以用一些海浪做灯塔的前景。这块土地比附近的高出几厘米，因此潮水暂时没有淹没。海潮往往是几分钟平静，几分钟凶猛，彼此交错。最汹涌时，一个几米高的大浪突然涌来，我赶快往岸边的方向跑，万幸的是，只是大腿以下的部位湿透了，这往往就是在澎湃的海潮中拍摄照片的代价。

随着夜幕的降临，灯塔的灯光愈显明亮。纬度 52.123846，经度 6.929244，480,000 烛光的亮度，照明范围 25 海里。八百年来，湖克角灯塔一直守候在爱尔兰南部这块海相复杂凶险的岬角，为渔民照明引航，为海岸每一艘夜航的船只趋福避祸。她独立在这片天涯海角，看海的日子寂寞而孤单。八百年岁月的记忆里，多少的船只来来往往，多少的人来来去去，只有你的光芒长明。

由最初的煤油，到十九世纪末的油灯，到今天的自动化，灯塔内的水晶透镜，以舞者般优美的姿态旋转，每一次回旋都如此动人心弦。也许终有一天，灯塔的所有功能会被更先进的技术完全取代，它也终将走下历史的舞台。但你带给人们的光明和希望，将被渔民永远铭记，你八百年发出的温暖光束，也将成为爱尔兰南部岬角的美好传说。

➤ 比尔城堡
现代版唐顿庄园中解读贵族

"很久很久以前，一座浪漫的城堡里，住着一位美丽的公主。" 每当我来到比尔城堡，就不禁想起儿时熟悉的童话故事。比尔城堡里的帕森斯家族是爱尔兰唯一依旧住在城堡里的贵族，那里除了浪漫的爱情故事，更孕育了太多的传奇。

我和比尔城堡的子爵和子爵夫人由一次拍摄杂志封面相识，如今每当我去拍摄贵族活动及记录庄园的景致，就回想起一次比尔城堡的拜访之旅。

国家历史科学中心

车经过又高又厚的护城墙，沿着庄园，穿过几颗参天古树，树下一大片水仙花开得正艳，远处灰白色哥特式的建筑正是比尔（Birr）城堡。远远地看见城堡正门前的帕特里克子爵与子爵夫人安娜正迎接我的来访。

每次帕特里克子爵用熟练的汉语和我交谈，就使我想到他在中国多年的生活，顿时觉得这位未来的伯爵身上多了一份亲切。子爵夫人安娜欧斯曼是地地道道的中国女子，谈吐优雅又随和，身上带有一种独特的艺术气质。由于城堡内正在举办重要活动，我先踱步去参观帕森斯家族的历史科学博物馆。

帕森斯家族（the Parsons Family）自从 17 世纪就住在比尔城堡里，除了贵族的身份，一代代伯爵的多才多艺更引起我的兴趣。

　　我在一个望远镜模型前止步，这个望远镜的原型陈列在庄园里，该天文望远镜是由三世罗斯（Rosse）伯爵在 1845 年建造。那个口径 1.8 米，10 吨重的巨大望远镜，在随后的 70 多年内都是世界最大和放大倍率最高的天文望远镜。就是那座庞然大物使人类第一次看到了漩涡星系，成为世界天文学史的重要里程碑。

　　一个黯淡房间四周玻璃窗里的文献和照片，见证着天文学发展历史。墙壁上有一排叶芝写给他心爱女子的求爱短诗："若我有天国的锦缎，以金银色的光线编织，还有湛蓝的夜色与洁白的昼光，以及黎明和黄昏错综的光芒，我将用这锦缎铺展在你的脚下。可我，如此贫穷，仅仅拥有梦；就把我的梦铺展在你的脚下，轻一点啊，因为你脚踩着我的梦。"叶芝浪漫的求爱最终没有成功，但诗人和天文学家的心灵却息息相通，他们分别用文字和科学，为后人展现出他们的"天堂"。

　　楼上墙壁的相框里装裱着的许多老照片则是三世伯爵夫人的摄影作品。三世伯爵夫人是爱尔兰摄影界的先驱人物，相片上的家族合影、人物肖像、天文望远镜都被永远定格在了 19 世纪中叶。照片早已泛黄，上面的画面却无一不融入在柔美的光线之中，又满载历史。三世伯爵夫人的摄影暗房，是世界上现存最早的暗房之一。19 世纪中叶，摄影技术还在摇篮中，由于没有稳定的感光乳剂，当时的摄影更接近化学范畴。她用过的器材、药水、底片和混水装置，如今成了早期摄影时代的一个缩影。她当时就是在这间黯淡的房间里，把一张张暗藏玄机的底片转换成相纸上的照片呈现于世人。这间暗房，孕育了摇篮中的摄影，就像黑暗的土壤里却孕育出生命。数码时代，摄影师们早摆脱了这些繁琐的过程，可暗房却留下了那个时代的印记——在里面，一位摄影先驱操作着复杂的设备，在黑暗中，执着地追寻着自己的梦。

除了三世伯爵和夫人的故事，展厅还有很多地方出乎我的意料。三世伯爵的小儿子发明的蒸汽涡轮机，使当时船只的行驶速度有了质的飞跃，以至于被泰坦尼克号等大型船只采用。四世伯爵建造的科学仪器对月球热度进行了测算，在全人类第一次登月时才证实了它的准确性。越看越觉得，帕森斯家族的创造力似乎和血液一样世代相传。

从爱尔兰国家历史科学中心出来，再次见到帕特里克子爵时，不禁对这位帕森斯家族的继承人更加肃然起敬。

庄园的野餐闲谈

帕特里克戴着复古的老人帽，穿着皮靴，站得笔直，让人想起旧时英国上流社会人士打猎的场景。他一边带我在庄园散步，一边聊着这里的一草一木。

一千公顷的庄园由湖泊、河流、农场、菜园、果园、花园、草地、树林编织而成。我从各种角度观赏着庄园里万物的千姿百态，越看越感受到这里的可爱。此时多雨的冬季已经过去，空气中充满了春的气息。城堡的庄园内，处处开着鲜艳的春花，迷人的瀑布冲击着岩石，碎末融入空气中，也带着微微醉意。

木兰、杜鹃、樱桃花，都鲜艳得可爱，远处一排松树林立。园中成千上万的奇花异草是哪里来的呢？是谁把它们带到这里，使那么多的画家获得灵感，再用画卷去释义它们的万般风情？

原来，在四世伯爵之后，帕森斯家族的兴趣又从科学转为植物学，所以经过几代伯爵的努力，在比尔城堡旁，才有了现在爱尔兰最大的花园，其中还有50棵树木被称为"不列颠岛冠军树木"。

漫步于湖滨河畔，不时听到不同的鸟类在林间动人地鸣唱。穿过瀑布，沿着河畔小路漫步，有一座浪漫的小桥，两条小河潺潺地交汇于桥下。不远处的一个人工池塘里，鸭子和天鹅在里面快乐地嬉戏，时而愉悦地吟唱。

我走到一棵美国红杉旁，用手轻轻地按了按树皮，树软软的，像是装满泥土的袋子，一拳打在上面，手都不会痛。子爵拿着红酒、水果和点心，带我穿过绿地，来到一个农舍似的小屋旁，面对宁静的人造湖席地而坐。

帕特里克告诉我，六世伯爵和夫人都很热衷园林艺术，他们共同建造了比尔城堡的皇家法式园林，那里有世界上最高的方形树篱。花园里有两只设计独特的椅子，相对而建，六世伯爵和夫人的名字被设计成简写字母雕在上面，寓意着他们浪漫的爱情。如今，年代早已久远，那对椅子却依旧摆在花园里，让人联想到老夫妇当年在庄园中浇花播种的浪漫日子。因此，我经常对来找我到比尔城堡拍婚纱照或度蜜月的新人说，在这里，你不仅能当公主王子，坐贵族马车，还可以住宿城堡，就连花园里的那对充满爱意的椅子都会祝福你们白头偕老。

子爵的父亲罗斯伯爵曾多次到访中国，并带回植物移植到庄园。如今，庄园内上千种植物中，六成以上都是从中国华中和西南引进的，这些花木在雨量充沛的爱尔兰中部长得枝繁叶茂，其中许多树木已经高大参天。由于附近的城堡和爱尔兰特色的景致，使这些林木欣赏起来又多了另一番风情。

"你们能走到一起，不也再次验证爱尔兰和中国的缘分吗？"我问。"是啊，"安娜笑道，"我觉得中西文化的结合一定会让家族更强大。"随后，安娜讲起了他们的故事。"在中国刚认识时，帕特里克为了提高我的英文，天天在我用的东西上写上英文字条，每当我不经心地拿起一件东西，上面往往就能看到那个字条。这让我觉得他对我很用

心。我们在一起克服了很多困难，就像我们一起爬山，我走不动了，他就鼓励我，于是我们一起一边走，一边欣赏一路的风景，这种浪漫和执着的感动，现在我还记得。" 帕特里克在旁边会意地微笑，补充道，"后来我们先在中国穿着传统服装举办婚礼，之后又办了一个欧式婚礼，因为我们俩都特别喜欢对方的文化啊。""怪不得你是中国通啊！""哈哈。"

阳光渐渐西斜，我们开始起身返回。路上，一只花色野鸡抖动着翅膀在林中晃来晃去。"这里每年都放几百只野鸡，用来给客人打猎，最后留下几十只，它们就生活在庄园的森林里。" 帕特里克说。

经过河边树林旁，一位工人正把切碎的木块搬运到车里。安娜告诉我，前段时间由于风暴，几棵古树倒下了，壮观的场面还引来几个摄影师进行拍照。"那几棵树都有两三百年历史了，上面出现了很多白点，就意味着它们可能活不了多久了。"帕特里克指着路边的几棵橡树告诉我，"有的树木能活五百年，有的却只能活两百年。有时候大风来了，我很担心那几棵没有遮挡的老树。"随后他又耐心地对智利和中国迁植至此的花卉林木款款而谈，神态和举止俨然是一位儒雅的东方学者。

绕过几棵老树，已然回到城堡门外，才发现门前一株树上，早已生出许多美丽的樱桃花，城堡灰色的高墙一侧密密麻麻地爬满了罕见的罩壁木，直至城堡顶部的城垛。

茶话未来

进了城堡，子爵和夫人带我到待客室休息。房间屋顶高高的，墙壁上有一幅巨大的家族画像，四处还有油画，摆有貔貅之类的东方艺术品。一会儿功夫，上了一壶茶，一盘点心。精致的点心由全麦饼干、葡萄、奶酪和坚果制成，清脆可口。安娜在茶里放了柠檬汁和几块姜片，散发着淡淡的香，旁边还放着一大瓶纯果汁。"我们吃的菜一般都是在有机商店买的。"安娜又递给我一杯果汁，"这是用我们苹果园里的苹果酿的，做好后用酒窖存起来，在适合的温度下能放一年。厨师每天会为我们拿出一瓶来喝。"果汁很浓，很甜，于是我在里面掺了点儿水。

"比尔城堡没有遭遇过战争吗？"我想到庄园外又高又厚的护城墙，在我印象中，很多城堡都见证了一段古难。"在爱尔兰大饥荒时期，很多人都饿死了。三世伯爵夫人慷慨地雇佣大量工人，就是为了解决他们的温饱问题。但实际上没有那么多活儿需要做，她就叫工人把城墙不断地加厚加高，还挖了两个地沟。由于这种善举，比尔城堡口碑一直很好，也就有幸没有遭遇到战火。"安娜说。"大饥荒使爱尔兰人口大大减少了，要不然现在爱尔兰应该是 2000 万人口的国家了吧。"帕特里克补充道。我想，如果没有大饥荒发生，现在的爱尔兰一定会更富裕。

我心中感叹，贵族群体作为社会上有很强能力和影响力的阶层，在危机时刻往往需要担起更大的社会责任，一旦整个民族陷入困境，他们需要永远身先士卒，救国家危难于水火，才能不被人们抛弃。所以真正的贵族精神与财富的多少无关，而是一种更加内在的体现，是一种道义，有尊严的活法，或者说是社会责任与使命。

而现在一些有钱人也尝试释义贵族精神，于是建立了贵族学校，模仿所谓贵族生活，可即使他们天天过着"贵"的生活，却流于庸俗，过于高傲，缺少美德，也丝毫见不到高雅，只停留于"昂贵的"表面，遇到利益冲突的时候，更显得急功近利，为了眼前的利益就丧失了本能的东西，更不用说危难关头承担社会责任，这样的学校和教育不同程度地扭曲了贵族精神的本质啊。

谈到未来比尔城堡的发展时，安娜告诉我，城堡里

已经开始办午宴和音乐晚宴，科学中心和庄园也向游客全面开放。不同的季节，游客可以在这里进行包括垂钓、狩猎、射击之类不同的活动。庄园地界边缘还有一个 18 洞的高尔夫球场，不远处还有现代化室内田径场地。城堡也接受私人预定和举办婚庆或时尚展览等活动。最有趣的是这里的蜜月旅行服务，新人可以在都柏林机场乘坐直升机直接飞到爱尔兰中部的比尔城堡，飞机上可以一边喝香槟，一边欣赏大片起伏的翡翠般的绿地。顾客可入住城堡内的蜜月套房或水景套房，感受 19 世纪 40 年代的比尔城堡，重温当年三世伯爵和夫人建筑天文望远镜，招待爱尔兰著名科学家和天文学家的情景。

在帕特里克和安娜的陪同下，我去参观基本装饰完毕的客房。过道里，碰见几个穿着19世纪服饰的服务人员，亲切地向我们打招呼。"城堡里的仆人和大管家都穿19世纪的服装，"安娜解释道，"很多做法都是为了使客人把自己当成城堡的主人，把这里真正地当成自己的家。除了享受城堡和庄园的环境外，我更希望给客人一种精神方面的体验，或者心灵上的冲击。"

帕特里克推开一间客房，一进门，床头柜上一盏台灯照亮了一张艳丽的四柱床，从这里展开最宽广的浪漫遐想。淡红色的花边床幔，与其他部位蓝色基调形成了强烈的对比，黄色的床单又彰显出中国式的富贵。古朴的木质圆桌上的书籍和瓷器散发着儒雅与休闲。四周墙上不同风格的画装点着房间，我的目光落在其中一幅最大的画卷上。画中19世纪打扮的欧洲人和欧式建筑，却身置于一片山清水秀的东方乡村场景中。正看得趣味盎然，帕特里克告诉我，这幅画描绘的是19世纪中国人想象中的欧洲，因为它正是由一个从未去过欧洲的中国清代画家所作。

对面墙上有一幅色彩鲜艳，构图巧妙的水彩画，是七世罗斯伯爵夫人的作品，与之前那幅风格迥异，却各有其妙。窗台旁边的木桌上有一件荷兰的陶瓷工艺品，精细的纹理和雕琢方式叫人爱不释手。从帕特里克那里得知，房间淡蓝色的壁纸是特意贴上去的，当时是为了在这里拍摄电影。

这些来自不同国家和年代的艺术品装点着房间，来自不同时间和空间的文化却在这里很好的融合在一起。此时，城堡的主人显然是艺术家。回想着住在城堡里世代伯爵的故事，我陷入一连串的沉思——如果非要定论，比尔城堡到底是什么的化身？科学，摄影，工程机械，园艺，艺术，还是浪漫的爱情故事？是什么，孕育了这些令人瞩目的成就？是庄园里的土壤，还是贵族的血液？将来，比尔城堡又会延续着怎样的传奇？

不知不觉间，已近黄昏，于是我起身辞行。子爵和子爵夫人热情地把我送出城堡大门，他们几岁的孩子也礼貌地和我道别。黄昏下的樱花树更加多姿绚丽，庄园愈显宁静而浪漫。走到几棵古树下，忍不住回头看一眼，比尔城堡正沉浸在美妙的余晖中，仿佛被蒙上了一层神秘的面纱，让人意倾神往。

➤ 卡里克吊桥与巨人之路
见证大自然的鬼斧神工

贝尔法斯特的卡里克（Carrick-A-Rede）吊桥和巨人之路，都是著名的旅游胜地。尤其是巨人之路这个世界遗产，还有着神奇的传说。严格来说，北爱尔兰属于英国的管辖，不过不知是什么原因，也许是地理位置，在我的脑海里它一直属于爱尔兰。

　　我从没有早起的习惯，不过由于要乘坐旅游大巴，只得起个大早，坐六点多的大巴从都柏林出发了。司机兼导游是个挺幽默的中年男人，一上车，嘴就像个喇叭似的讲个不停，唯恐大家没有清醒。车里有来自不同国家的游客，其中还有几个是从中国特地来爱尔兰和英国旅游的。这些游客千里迢迢地来到都柏林，一大早就坐车去"巨人之路"，仿佛只是为了走完这条路。

　　刚刚经过北界限，手机就自动发来短信提示，已经进入英国境内。又沿着公路开了一会儿，我们停在一个加油站稍作休息。旅游团是不包饭的，于是在加油站的提款机提取一些英镑，买了些简单的午餐。

一路上，我们都暗自祈祷阴沉的天气好转起来。巴士沿海行驶，北大西洋粗犷狂野的海浪，不停地拍打着岸边的礁石。几只长椅在草坪上面海而立，上面却没坐着一个人，透着淡淡的孤独。一路上风景不断变换，大海，绿野，牛羊，牧场，小镇，随便向窗外撇一眼，就是一张明信片似的镜头。

到达目的地后，我们每个人得到一张去卡里克吊桥的票后下了车，随着游客往吊桥的方向走去。第一个吸引我眼球的是一座岛屿，它静静地屹立在远处的海水中，却永远无法靠岸。海水拍打着它那孤单的身躯，而它却巍然不动，仿佛在绝望中思索着存在的意义。经过一条蜿蜒的山路，我们就到了卡里克吊桥。

这座跨度约 20 米，高约 30 米的吊桥，曾经被人认为是世界最恐怖的吊桥之一。原始的绳索吊桥，将大陆与支离破碎的峭壁相连。安全起见，工作人员严格地控制着每次上桥的人数，其余的人则排着长队跃跃欲试。

据说，这座桥起初只是渔夫为了穿越到另一个断崖上打渔而建立的，这座仅能并排容下两个人的小桥，最初只有一根绳索作为扶手，每块踏板之间的距离也比较大。当狂风大作时，渔民需要紧紧贴住护栏，防止身体被卷向吊桥没有护栏的那侧而跌落大海。如今这座惊险的小桥竟成了旅游胜地，为了游客的安全，护栏也变成了左右两根。

刚踩在上面，桥身就在不断摇晃，巨大的海风一刻不停。在桥上为了留念，我腾出一只手来，在摇曳的风中抓拍一两张照片，另一只手死死地抓着绳索。悬于几丈的高空晃来晃去，脚下就是波澜壮阔的大海。前面有一个女孩吓得停在桥中央不敢迈步，在朋友鼓励下，才咬牙走到对岸。听说之前有些游客过桥之后再也不敢走回来，最后不得不乘船离开。不过幸运的是，至今为止，还没有人在过桥时发生意外。

走过吊桥后，有些人兴奋地喊叫起来，有一对情侣还激动得互相拥抱。我想起以前听说过一个心理学实验——很多男性走过一段很险恶的吊桥后和同一位女性见面，结果那些男性都公认她很有魅力。心理学家认为凶险的吊桥本身使人产生心跳呼吸加速等反应，使那些男人误以为是他们见到的女人的魅力所造成，从而对那个女人产生兴趣。也许，眼前这段艰辛忐忑的吊桥路，也许还是一段促成姻缘的旅途，不知道通过走完它，有多少有缘人会最终走到一起。

走完了这段令人胆战心惊的路，心里多多少少地洋溢着征服的成就感，但不远处还有另一段路等着我们，怀着对吊桥的敬畏和感叹，我们上了车，开往大约半小时车程之外充满了传奇色彩的"巨人之路"。

位于大西洋海岸的巨人之路是世界遗产之一，由数万根大小均匀的玄武岩石聚集成一条几千米的提道，被公认为一大壮丽的自然景观奇迹。它是由于第三纪活火山不断喷发，火山熔岩多次溢出结晶而成。

沿着海岸悬崖的山脚下，成千上万多边形石柱组成的岬角，一直延伸到海面，有史以来被人们称为"巨人之路"，又被称为"巨人堤"。经过海浪冲蚀，石柱群在不同高度被截断，便呈现出高低参差的石柱林地貌。在巨人之路海岸，4万多根玄武石柱不规则地排列起来，绵延几公里，宏伟壮观。

　　这些石柱自形成以来的千万年间，受大冰期的冰川侵蚀及大西洋海浪的冲刷，逐渐被塑造出高低参差的奇特景观。波浪沿着石块间的断层线把暴露的部分逐渐侵蚀掉，石柱在不同高度处被截断，导致巨人之路呈现台阶式外貌的雏形，经过千万年的侵蚀、风化，最终形成了今天的样子。几千年来，巨人之路一直屹立于大海之滨，守候着一个古老而充满传奇色彩的神话。

　　传说巨人之路是由古代爱尔兰巨人芬·麦库尔建造的。为了证明自己力大无穷，他把一条条岩柱搬到海底铺路，这样他就可以从上面走到苏格兰和对手芬·盖尔作战。铺好了道路，巨人准备酣睡时，他的对手恰巧也来到爱尔兰打探巨人的实力，但被他巨大的身躯吓坏了。巨人的妻子又机智地告诉他，他看到的只是巨人的孩子。芬·盖尔更加害怕，吓得撤回苏格兰，并在走的时候毁坏了其身后的堤道，以免巨人走到苏格兰找他。而现在残余的部位，就成为了我们看到的巨人之路。这些神秘的石柱在人类文明之前就一直存在着，也许最先来到这里的人类就对它的神秘有着种种的猜测，具体是什么恐怕是个永远的谜了。

　　阴沉了许久的天气突然晴朗，岬角沐浴在金色的光芒之中。地上大片大片的岩石在逆光下变得更加棱角分明。有一排岩石，整整齐齐地高高耸立，像是老旧的风琴，如果不是亲眼目睹，很难想象它是天然形成的。久久地凝视着这些神奇的、形态迥异的玄武石，听着海浪拍打沿岸的声音，我感慨沧海桑田的变更，更赞叹大自然奇妙的鬼斧神工。眼前一块块岩石，像是被天外来客牢牢地镶入地里。也许启动隐藏在自然界某处的一个按钮，这些石柱就可以从亿万年来的沉睡中复苏，变成一架架升向太空的天梯。这种壮观而奇幻的景致，已经足够叫人痴迷，恰恰里面又有一段关于古代的神话故事，就使人浮想翩翩。面对沧海桑田的变迁，还有什么烦恼不能烟消云散呢？

　　从这片广阔神圣的土地走回到车上时，才感受到了时间的流逝。在考斯韦酒店附近，车载着乘客开往北爱市中心。一路上下起小雨，我困意袭来，头越来越低垂时，睡意朦胧中见导游把车停下来，让我们隔着车窗看远处相传爱尔兰最浪漫的城堡。由于距离有些远，看得并不是很清楚，印象中只觉得一座古旧残缺的城堡在细雨中散发着淡淡的凄美。不久后，车停在了贝尔法斯特市中心。

贝尔法斯特市中心城市给我的感觉既有些复古，又不乏现代元素。此时已是初秋，草坪长椅旁星星点点的落叶，也给城市增添了一丝浪漫与伤感。几辆粉色的巴士穿过，这种鲜艳的暖色与被绿色覆盖的北爱尔兰形成了强烈的视觉反差。

没有太多的停留，钻进路边的肯德基美餐了一顿，再坐上舒适的巴士离开北爱时已是傍晚，外面一直下着沥沥细雨。隐约看着窗外打伞的路人来来往往，伴随着偶尔飘落的秋叶。虽然只在这里短短的停留，但还是有些喜欢上了这个有些不同的城市。车在开往都柏林的漫漫长路上，我靠在巴士的椅背上昏昏入睡，朦胧中仿佛又来到了惊险的吊桥和神秘而传奇的巨人之路。

➤ 威克洛
山湖间流淌的诗意

位于都柏林南部一小时车程的威克洛郡（Wicklow），是《勇敢的心》《拯救大兵瑞恩》和《P.S. 我爱你》等好莱坞大片的取景地。不远不近的距离，成了周末或短假不错的出行选择。这次的旅途，是由几个同在爱尔兰生活的华人朋友同行，相同的文化和语言，使旅行充满了轻松愉快。

离开都柏林半小时后，道路渐渐变得崎岖蜿蜒，路边开始呈现山丘、湖泊，几乎没有了现代文明的迹象。我想起了电影《P.S. 我爱你》里面的情节——女主角只身在爱尔兰旅游，与爱尔兰男子就是在这里相遇，相爱，最后结婚，定居美国。几年后，男主角病死，女主角变得消沉。这时，她开始一封封地收到了男主角死前写给她的信，安排她和她的好友重新回到威克洛旅行，让她重新找回对生活的希望。威克洛原本就给我一种诗情画意般凄美的感觉，而爱情片《P.S. 我爱你》则更给它罩上了一层浪漫的色彩。

我们首先到达的是 6000 多公顷的鲍尔斯考特（Powerscout）庄园。这座意大利园林为游客展现了最好的园林造景设计及景观。它独有的梯田型风格，以意大利式的建筑及花园设计而闻名，充分地体现了 18 世纪的爱尔兰贵族庄园的气派。经过了两个多世纪的精心培育，现有 250 多种不同的种类。

在塔谷里，有一个"胡椒瓶塔"。它是以庄园主餐桌上的胡椒瓶为蓝本设计而成。塔面爬满了绿色的植物，塔下面还有几座小炮。透过塔内阴暗的光线，有一条陡峭的台阶盘旋着向上延伸到顶端。沿着台阶走到塔顶，附近环境宜人，很多棵参天古树和不知名字的植物长得郁郁葱葱。草坪边的小河里有个喷泉，泉水从一个雕像里喷出来，给附近静谧的景致增添了一丝生气。

传说庄园主人在造访了巴黎的凡尔赛宫，维也纳附近的美泉宫，海德堡的茨威辛格城堡后，获得了灵感，请人规划了一座花园。这里有大片的草坪，美丽得让人应接不暇的花圃，绵长的人行步道和上百种树木。

从塔里出来，沿着弯曲的小道下了山坡，穿过灌木丛间的小路，就到了一个小型日本花园。这是 1908 年由庄园第八世子爵和夫人开垦的日本园林，用维多利亚的视角诠释了不同的东方景观。园中的杜鹃花，日本枫叶等亚洲植物使人心旷神怡。美丽的花木，古朴的石阶，古香古色的亭子，木质的小桥，潺潺的小溪，充满东方韵味的景致在园中随处可见，像淡淡的茶，却使人回味无穷。

让人难忘的是，在一片草地上，有很多小巧的墓碑组成的宠物墓园。墓园里埋着几百年来庄园主人逝去的心爱宠物。墓碑上还写着宠物的名字、品种、外貌、年龄、去世日期和宠物主人的名字。这些宠物有趣的名字，给人们为宠物取名带来了很大的灵感。许多墓志铭都很有个性，读起来饶有趣味，又体现出主人对宠物的深情。

整个庄园以其开阔怡人的风景，精心设计的雕塑、梯田和水池而闻名于世。水池的周围，工艺精湛的铁器随处可见，意大利式的雕塑和坡道错落有致。多年前在意大利旅行时，凡尔赛宫的美，曾让我有种梦境的错觉。而不得不说，鲍尔斯考特庄园的美，又让我找回些那种似曾相识的感觉。

不经意间到了中午，我们在入口处一家纪念品店买了些东西留念，在餐厅吃过简单的午餐，下午赶往格伦达洛（Glendalough）。路上经过威克洛国家公园时，发现这里比想象中大得多。电影《P.S. 我爱你》里，女主角站在山间问男主角，威克洛国家公园在哪里，男主角说，你此时就在国家公园啊。此时，国家公园也一直在我们脚下。它占地 20,000 公顷，山脉由 4 亿年前古欧洲和古美洲大陆碰撞导致地壳抬升而形成。公园自然资源丰富，有高山、沼泽、湖泊等不同地貌和植被层。园内森林里还可以看到红鹿、梅花鹿、野兔、乌鸦、猎鹰等飞禽走兽。

在犹如仙境的遐想中到了格伦达洛。一座由片岩和花岗岩做成的 30 多米高的 10 世纪圆塔，屹立于墓碑和草地间，格外醒目。塔身开有小窗口透光，最顶层的塔眼有东南西北四处方位。圆塔除了作为钟塔，在过去发生危机时还用来储

存粮食和避难。千年之后，中世纪那些虔诚的修道士早已不在，只留下这座圆塔
与周围的碑墓相伴，在这片郁郁葱葱的林木间，讲述着那段悠悠的历史。

　　据说公元 498 年，年轻的修士凯文被这里寂静的环境所吸引，认为这里
就是他所寻找中的用作冥想的理想去处。于是他在这里建造了个简单的房子，
过起了隐修的生活。凯文睡在石头上，使用着最简单的生活工具，过着极其清
苦的生活，完全融入了自然。相传附近的动物都愿意和他做朋友，据说他活了
110 多岁。在追随者的请求下，凯文在湖边建立了一个小教堂，后来追随者又
在这里建立了规模宏大的修道院。由于爱尔兰远离欧洲大陆，这里避免了欧洲

漫长黑暗的中世纪战争，这片幽隐之处成了宗教信徒的学习中心和聚集地，它在爱尔兰产生了深远的影响，至今每年都有大量的朝圣者前来。因此，后来它一度成为维京人和英国人的攻击目标，遭到了严重的破坏，今天留给我们的是一些幸存建筑的残垣。

　　附近的墓地里，埋葬着修道士和当地牧师。墓碑上竖立着凯尔特风格的十字架，在阳光下格外神圣，彰显着这块宗教信徒心中的圣地。蓝天白云下，苍翠的林间，碑墓没有一点阴森和凝重，反而显得浪漫而美丽。

　　路人告诉我们，到了威克洛除了看山，还要看湖，在特定的时间，湖水泛着金光，因此这里的湖又被称为"金色之湖"。据说在去 Laugh Tray 的路上有一处湖，湖水天池一般的美。一路上，经过很多高耸的林木，远处的山脉有的林木茂盛，有的崎岖贫瘠。几公里之外的山脉顶峰长着一簇一簇的深绿林木，整整齐齐地沿着山脊倾斜下来。有一颗粗壮的老树，光秃的树干上写着几个名字的缩写和海誓山盟般的诗句，已经在岁月的流逝中变得模糊。

　　通往"天池"的路上，太阳已西斜，天空却更加明朗，柔和的光线在山林中弥漫。电影《勇敢的心》的一些场景，就是拍摄于此。华莱士死前高呼"自由"，震撼得令人泪下。面对延绵伟岸的山脉，人生不过是沧海一粟，但伟大的人格却可以同高山一样长青。

　　渐渐地，路两边居然出现了积雪。眼前是一座雪山！山上的积雪不厚，但

对于海洋气候的爱尔兰已算罕见。迎着寒气，我们沿着山坡缓缓而行，从脚下到远山白雪皑皑。雪中有些枯枝在风中摇曳，远处遍是长青的树木，低低的白云一团团躲进远处的山顶。当我们踏着雪，兴奋地跑上山坡高处时，"天池"在山下已然清晰可见。宁静的湖面被高耸的山峰环绕着，在洒落的夕阳下，像飘动的丝绸，又像搅拌着的奶油。

一轮残阳渐渐从远方的山顶落下，天边出现了温暖而充满层次的色彩。橘红色的余晖映射在雪地里，使雪地里的枯枝都有了生机。当同行的女孩子们都回到车里时，只有我和喜欢摄影的朋友，还在夕阳的余晖下拍摄雪山上动人的景致。

➤ 大布拉斯基特岛
遗世的孤寂

一般去旅行之前，我是很少翻书查资料的，但这次去大布拉斯基特岛（Great Blasket Island）前，我却向旅馆主人把能找到的几本小书都借来阅读。神秘孤岛，天涯海角，遗世的孤寂，无论哪一种体验，都足以另人心驰神往。

也许是因为之前的不顺利吧，前几次横跨爱尔兰去拜访它，都是因为大西洋突然降临的大雾或大风暴，取消了出海的计划。这次我又和友人千里迢迢地赶来，在黄昏之前到达岛屿附近小镇的一家小旅馆落脚，期盼第二天能够顺利出海。附近除了这家旅店，就是高山绿野，早已没了人烟。赶路的疲惫被沿途变换的风景一扫而空，似乎隐约还能闻到来时路边大片薰衣草那动人的芬芳。

整个旅馆被书籍装饰得古香古色。房间阁楼的小窗像一个画框，透过它看出去，院中绿油油的草地被金黄的阳光沐浴，两只狗懒洋洋的躺着，远处山峦的阴影在夕阳的余晖下变幻莫测。我们趁黄昏出来，沿着山路赶到附近一个只有几十户人家的小镇，总算在最后一家小酒吧关门前，进去吃过了晚餐。

第二天早起焦急地跑出来，天还蒙蒙亮，低沉的大洋涌动声中夹着几声海

鸥的鸣叫。从山崖上向海上看了会儿，浮动的海面开始染上一层层色调，见太阳缓缓露出头，动人的金霞洗去了满天的睡意，我也总算放心了。

到码头坐上船时刚刚中午，船夫得知我们要在岛上过夜，嘱咐我们要带上足够的食物，因为岛上没有任何的店铺，而且如果第二天气候恶劣，就不会有船来接我们。船上还坐了十几个背包客，聊了会儿才知道，只有我们同行的几个是要留在岛上过夜的。船开了几十分钟，快抵达时，又换橡皮艇把游客分批接到小岛登陆。

在渡口处，黑海鸽和它们圆圆的白色翅膀在水中上下摆动，几只鸬鹚在水面上划出一条条直线，偶尔还有几只刀嘴海雀一跃而过。

附近的几个群岛是最西部的陆地，隔大洋与美国相望。岛屿目测有五六公里长，距离大陆约有两公里远，高三百米左右。岛屿的半山腰有十几个破得不像样子的小石屋，很多都已经没了屋顶。它们建于 19 世纪，当时岛上还住着几户人家，到上世纪 50

年代，岛上最后的一家人搬走了，之后半个多世纪这里就一直成为一座无人居住的荒岛。

整座岛屿大多被沉积岩覆盖，除了十几个废弃的粗糙石料砌成的房子，只有两座勉强新一些的小房，用来供游客居住，我们暂且把它叫做"旅馆"。里面没有灯光和暖气之类任何现代设备，只有最简陋的桌椅和几张床供给要留下过夜的游客。据说这家"旅馆"还是刚刚营业的，之前半个多世纪，这座荒岛晚上是没有任何人住的，连白天也少有人来访。尤其在爱尔兰漫长的冬季，由于大西洋气候恶劣，岛上更是空无一人。我们在旅馆里要了蜡烛和煤炭，放下行李，在屋子里稍作休息后，又走出来漫步。

整个岛上除了我们几人和那几个早不见踪迹的外国游客，就剩下西部山崖绿地上的几十只绵羊。几百年前，一群居民在西部的尽头，面对大陆，在陡峭的山腰上用石头建立房子，抵御大西洋的暴风，在北部的小村庄里种一小片耕地，养着牛羊鸡，有时候出海打渔，捕获鲱鱼和鲭鱼，或者在附近捉海豹。他们还在岛上打了一口水井，至今依旧可以打水。这些岛民年复一年地过着封闭的生活，据说有一个几岁的孩子从出生就没离开过这座几公里长的小岛，直到有一天被带到隔岸的大陆，居然被未知的世界之大吓哭了。

在岛屿的山坡上漫步是一种逃脱，这里没有任何车辆，商店和一切人类现代文明的标记，只有海鸟和大洋环绕的生活。西部山脚下有一片白色的沙滩，尽管在最暖和的天气，海水也可能是冰冷的，但沙滩却是享受阳光的好地方。

在太阳西斜黄昏降临之前，我们一直沿着岛屿的山坡漫步，渐渐靠近岛屿的最西端。西部不远处有一座更小的岛屿，像是一个巨人躺在水里，那座小岛应该是最西部的陆地。在这里没有任何事情发生，只是夕阳渐渐落下，余晖映红了海面。

我望着远处的海岛发呆，夕阳最后的余晖斜射的上面，勾画出小岛清晰的轮廓。我本就喜欢黄昏与夜交替的时光，见到这种遗世孤寂般的画卷就更是出神。孤独的景致是要用孤独的心境来欣赏的，因此不用与人分享，也不需要陪伴，因为有了陪伴，也就夺去了孤独的美。

太阳落下之后许久，隔岸几公里外的大陆才渐渐地看不清轮廓，最后夜色越来越浓重，一切可见的形状和质感彻底地消失在黑暗中。和我们一起来的游客早已登上回大陆的游轮返航，整个岛屿只剩下我们同行的几个人和旅馆主人。

　　我们在西部的山崖上一直呆到满天繁星。整座岛屿除了远处旅馆隐约的灯光外，没有一丝亮光，只听见山脚下不远处大洋低沉的呼啸。点起油灯，打开手电筒，才勉强看清附近陆地的轮廓。由于孤岛附近没有任何光污染，头顶的银河格外明亮，天空中很多平时看不到的繁星清晰可见。偶尔一颗流星划过夜空，缓缓地坠落在山崖浓重黑影的另一边。

　　在这个没有任何光亮的荒岛上，地上的一切都不再可见，只有头顶的银河格外清晰。被淹没在浩瀚的宇宙中，地球并不孤独，我的思绪却开始无边际地流浪。

　　肉眼可见的每一颗星，距离我们都不知道有几万或几百万光年的遥远，于是我们看到的每一道星光，都是不知道多少万或多少百万年前发出的光辉。也许正因为距离的遥不可及，自古以来，人类永远没有停止对星空的赞叹与幻想。相比之下，地上人与人的距离是多么近啊，可除了乔装打扮，违心的恭维，虚情假意和把自己伪装在盛装下表演，当夜晚脱掉伪装后，真实的部分究竟还有多少啊？于是，我羡慕夜晚只看到星空的时刻，或许只有在星空孤独的冷寂之中，才能找回一个真实的自我。

　　决定回去时已将近子夜，我们在微弱的照明下，磕磕绊绊地回到旅馆。半路上还隐约看到一只老鼠大小的动物，从脚下一晃而过。照亮仔细看才发现，原来是一只海鸠，光溜溜的身子，一瘸一拐地转进一个地洞里。这种鸟在繁殖的时候会选择在悬崖边缘筑巢，所以附近偶尔也能看到一些海藻、枯草、羽毛之类堆成的简陋鸟巢。

有时候一不留心，脚下会踩到一些大概是兔子洞之类的洞穴里。在漆黑中走了一阵子，终于找回了没有一丝亮光的旅馆。我们点上蜡烛，吃了些最简单的夜宵，也没有生炭火，就直接转进被窝睡下，还在被子上压上了厚厚的大衣。

第二天一早醒来，先是觉得冷，吃了点儿东西跑出去，太阳还没升起。岛上的一切开始苏醒，万物显示出模糊的轮廓。有只翅膀僵硬的管鼻鹱，伴着嘶哑低沉的叫声从头顶缓缓滑行而过，飞向悬崖。除了不知哪来的两只野驴外，西部山崖下的海滩上，平白无故也多了几百只可爱的海豹，趴在岸边不动。

一想到今天上午就要回程，心里突然有些失落，我隐约感觉这座荒岛上总有些什么东西牵绊了我的心，可是究竟是什么呢？

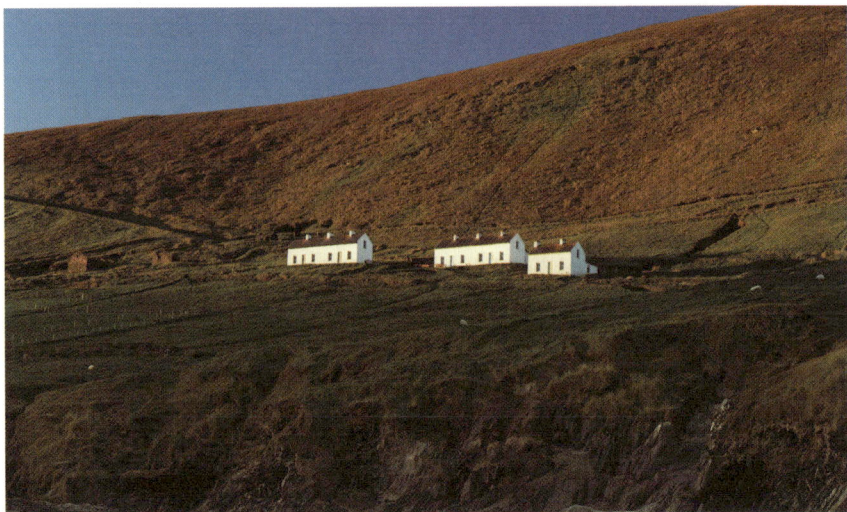

写给已经来过和还没有来爱尔兰的朋友

下面我把在爱尔兰生活多年总结的经验分享给准备去爱尔兰旅游或留学的朋友们：

在签证办理方面，可以找一个经验丰富的中介，虽然会支付较高的费用，但也可以获得较高的签证率。如果有把握自己办理签证，可以直接从网上搜索并下载签证申请表格，按要求准备资料，填好表格并提交之后，把必要材料寄往大使馆（资金证明、护照、照片、签证的费用等）。爱尔兰驻华大使馆信息可以在网上查到。

爱尔兰是一个旅游业发达的国家，除了星级酒店、高级宾馆之外，还到处都可以找到廉价的 B&B 或者更便宜的青年旅馆。一般旅馆内基本设施齐全，包括电视和无线网络。一般的旅馆价位里都包含第二天早餐（通常是以谷类、果汁等为主的欧洲早餐，及以香肠、培根、布丁、鸡蛋等为主的爱尔兰早餐）。另外，您也可以选择住爱尔兰寄宿家庭或短期租房。在爱尔兰乡村的房价一般低于首都都柏林，淡季与旅游季节旅店价位也有明显差异。

爱尔兰的主要公共交通工具有长途火车，长途巴士（Bus Eireann），都柏林郊区沿海火车（Dart），城市室内汽车，都柏林市内轻轨（Luas）。首都都柏林公路网络很健全，路况良好，购买周票或月票，可以在一定期限内无数次乘坐火车、巴士或轻轨。长途火车在爱尔兰全境行驶，以都柏林为原点，呈扇形展开，路线较多。租车自驾游无疑是一个很好的选择，尤其是在交通工具缺乏但风景如画的野生大西洋海岸线。驾车带来了灵活方便的同时，也节约了时间和金钱。在爱尔兰很容易找到国际租车公司和办事处，通常年龄要在 23 岁以上并有驾车经验的人群，才有租车资格。

爱尔兰属于欧盟国，货币为欧元。通常在银行可以得到最优惠的货币兑换价格，其他兑换设施汇率或佣金较高，但开放时间相对比较长。到爱尔兰后，可以把现金存入银行或在邮局转为存折。当地常见的银行有爱尔兰银行、AIB银行等，银行卡办理业务结束后，即可在银行或路边的自动提款机（ATM）提款。所有银行都设有自动提款机。机器里小面值金额很可能会在周五晚上被提空，由于每个周一才会补仓，建议周末前提前取出所需金额，以防不便。商店平时营业时间为周一到周五 9:00 到 17:00，周末营业时间较短或休息。每周四为爱尔兰法定开支日，很多人都赶在这天下班后购物，因此商店关门很晚。

格拉弗屯街和亨利街，都是都柏林市内最豪华的购物长廊。在这里高档精品店品牌集中，商品别具风格；而郊区的可尔代尔购物村则是名牌奢侈品购物的天堂，这个购物中心常年以 60% 的折扣吸引着游客，是不容错过的旅游购物胜地。爱尔兰每年的重大节日（如圣诞节）和银行假日，银行和商店关门，所以购物的时候最好避开这段时间。

凡在爱尔兰购物的非欧盟顾客，所购买商品如果在离境时带离爱尔兰，可以享受免交增值税（23%），去掉手续费，可退还的税率为 18.07%。在购物时需要向店员索要退税申请表（Tax Free Worldwide），按照程序在上面填写所需内容，交给机场的柜台，或回国后邮寄到爱尔兰，即可退税。

在美食方面，爱尔兰不仅有自己别具一格的民族特色食品，还有世界各地的美食餐厅。传统美食娇嫩可口的爱尔兰炖肉，肉质鲜美的牛排等肉类自不必说，如果您没有尝过爱尔兰新鲜的海鲜美食，则不能算是一次完整的爱尔兰之旅。爱尔兰四面环海，处处都可以吃到最纯正的海鲜产品。随处选择一家装饰精美富有格调的海边西餐厅，点上一杯美酒，边欣赏窗外海景，边品尝美味的龙虾、牡蛎、三文鱼，把美景融入美味，是一种更加难忘的美食体验。

如果选择短期租房旅行，您则可以在海边小镇的店铺里购买新鲜海鲜和烹饪调料，回住处后自己随心所欲地烹饪，吃到最干净天然的美食。这里的海鲜价格相对国内较低，西部的一些小渔村，一只特大号螃蟹只需要两三欧元。另一种更贴近自然的方式则是亲自在海边垂钓。海鱼春夏秋三季比较多，冬季起不同鱼类迁移到大西洋的不同方位。

如果您喜欢喝酒，而且是赶上午餐时间，可以选择一家酒吧，点上一道菜肴结合酒水进餐。这是一种在爱尔兰流行的用餐方式，价格通常比较实惠，享受美味的同时，可以体验爱尔兰酒吧的独特气氛。

最后，希望您能在爱尔兰度过一段美好的时光！朋友们，旅途愉快！